Ulrike Rauh, ›Der Pazifik in Las Cruces, Chile‹
Acryl, 45 x 35 cm

Ulrike Rauh

Kaffeehäuser erzählen

Auf den Spuren der Kaffeehauskultur

edition ♦ karo, Berlin 2021

Inhalt

Vorwort

»Das Kaffeehaus löst alle Probleme.«

Lebenskraft und Stärke bedeutet Qahwa, das arabische Wort für Kaffee. Die jahrhundertealte Kaffeezeremonie Arabiens bieten manche Hoteliers dieser Länder ihren Gästen auch heute noch an.

Den Kaffee servierte man damals in einem henkellosen Tässchen, dem sogenannten Finjaan, das nur zur Hälfte gefüllt wurde. Sobald einer der Männer seinen Kaffee ausgetrunken hatte, erhielt er erneut das köstliche Getränk, zu dem man süße Datteln aß. Wünschte er keinen weiteren Kaffee, schwenkte er leicht das Tässchen. Nur Männer trafen sich zur Kaffeezeremonie in ihren Zelten. Während sie dort über den Preis der Kamele sprachen, über geplante Heiraten, über neue Wasserstellen, aber auch über ihren Propheten, sorgten die Frauen zu Hause für das Essen.

Der Ursprung der Kaffeehäuser liegt im osmanischen Reich. Das erste Kaffeehaus wurde 1554 in Konstantinopel eröffnet. Von da an breitete es sich in Europa aus. 1647 gab es das erste in Venedig, 1673 in Bremen, 1685 in Wien. Schreibweisen für diese Einrichtungen gibt es mehrere: Kaffeehaus – Café – Caffè. In Italien findet man die Schreibung Caffè vor allem dann, wenn ein ganz bestimmtes gemeint ist wie das Caffè Florian in Venedig. Auch die Bezeichnung »Caffetteria« gibt es in unterschiedlicher Schreibweise, entsprechend der Sprache des Landes.

In einem Kaffeehaus spielen sich Schicksale ab, werden Theaterstücke entworfen, Bücher geschrieben, wird Politik gemacht. Zuhörer, Beobachter und Erzähler der Komödien und Tragödien sind in fast allen Geschichten dieser Auswahl an Kaffeehäusern zum Beispiel ein Sessel, ein Spiegel, eine Uhr oder eine Lampe. Sie alle kennen ihre Besucher, lauschen aufmerksam den Erzählungen, würden manchmal gerne Ratschläge geben. Sie sind vertraut mit der wechselvollen Geschichte ihres Cafés, ebenso mit den verschiedenen Kaffeeangeboten wie der Melange, dem Einspänner, dem Fiaker, dem Espresso und natürlich mit all den Torten, Törtchen und Hörnchen.

Café Central - Wien

Melange mit Franzl und Sissi

Mit Wien verbindet der Besucher nicht nur den Stephansdom und die Hofburg, sondern auch das Kaffeehaus. Kaffeehäuser gab es vor Wien schon in anderen europäischen Städten. Das Wiener Kaffeehaus wurde jedoch Vorbild für Cafés in ganz Europa. Das gilt vor allem für die Einrichtung: für die Thonetstühle, die Marmortische, die Spiegel oder den Kronleuchter, den Billardtisch und selbstverständlich den Zeitungsständer.

Auch die Zubereitung der verschiedenen Kaffees war Vorbild. Die »Melange« musste durch die Zugabe von Milch goldbraun serviert werden. Ein »Brauner« hat weniger Milch, ein »Schwarzer« beziehungsweise »Mokka« natürlich gar keine. Wenn der Gast gefragt wird »Mit?«, dann bedeutet das »Mit Schlagsahne?«, die in Wien »Schlagobers« heißt. Der »Fiaker« ist ein warmer Kaffee mit Sahne, der »Einspänner« wird ebenfalls mit Sahne, aber kalt gebracht. Wer einen »Schwarzen gespritzt« bestellt, erhält ihn mit Rum.

Wie jeden Tag betritt Catalina um elf Uhr das Central. Mein Café in der Herrengasse im ersten Bezirk ist ein sehr berühmtes. Es befindet sich in einem früheren Bank- und Bürogebäude, das der Architekt Heinrich von Ferstel geplant hatte, weshalb es Palais Ferstel genannt wird. Die Paläste in Venedig und Florenz hatten ihn auf seiner Reise in Italien dazu inspiriert, eine Börse beziehungsweise Bank im Stil der Neorenaissance zu bauen. 1876 wurde das Café Central eröffnet. Die Fassade schmückten schmiedeeiserne Gittertore und Plastiken. Die Wände des Innenraums waren reich bemalt oder mit Ledertapeten und Holzvertäfelung versehen. Da es im Zweiten Weltkrieg starke Beschädigungen erlitt, musste es 1943 schließen. Nach Renovierungsarbeiten konnte es 1975 wieder geöffnet werden.

Das Central war Treffpunkt vieler Autoren wie Hugo von Hofmannsthal, Robert Musil, Arthur Schnitzler und auch Stefan Zweig, der jedes Mal froh war, wenn er in über zweihundertfünfzig Zeitschriften blättern konnte. Einer der häufigsten Besucher war der Schriftsteller Peter Altenberg, der das Café Central als seine Wohnadresse angegeben haben soll. Ihm ist hier eine lebensgroße Figur gewidmet. Er sitzt in der Mitte des Raums, nahe der Kuchentheke, lebensecht dargestellt mit Schnauzbart, Glatze, in dunklem Jackett. Die rechte Hand auf einem der kleinen runden Tische blickt er fragend in den Raum. Altenberg verfasste vor allem kurze Prosatexte, in denen er die Wiener Gesellschaft beschrieb.

Ein anderer renommierter Schriftsteller, Alfred Polgar, war überzeugt, dass der Kaffeehausbesucher stets auf der Suche nach sich selbst wäre, aber gleichzeitig vor sich floh. Dieser Besucher wäre zudem ohne Kaffeehaus heimatlos. Außerdem sei er ein Menschenfeind, der jedoch Menschen sucht, die allein sein wollen, jedoch zum Alleinsein andere brauchen. Polgar stellte fest, dass das Kaffeehaus Probleme aller Art löse.

Catalina blickt kurz nach rechts, dann nach links. Will sie heute einen anderen Platz wählen in diesem weiträumigen Café, dessen Innengestaltung der Säulenhalle eines italienischen Renaissance-Palastes gleicht? Nein, wie immer geht sie jetzt zielstrebig nach hinten, vorbei an Peter Altenberg, und nimmt auf einem rot gepolsterten Sessel Platz. Von dort sieht sie jeden neuen Gast, der das Café betritt. Meist wirft sie einen kurzen Blick zu mir, dem Bilderrahmen des Gemäldes, das Kaiser Franz Josef in voller Größe zeigt. Neben ihm umfasst ein weiterer Rahmen, mit dem ich mich hin und wieder über die Gäste hier unterhalte, das Bild von Kaiserin Elisabeth. Manchmal bleibt Catalina vor uns stehen, als ob sie die beiden Personen das erste Mal sehen würde. Dann stellt sie sich auf die Zehenspitzen, dreht den Kopf ein bisschen zur Seite. Sucht sie etwas? Aber die Bilder verändern sich doch nicht mehr! Der Deutsche Franz Xaver Winterhalter, einer der berühmtesten Porträtisten im 19. Jahrhundert, der das Kaiserpaar gemalt hat, ist schon lange tot. Die Touristen, von denen jetzt sehr viele das Café besuchen, betrachten andächtig Franzl und Sissi, wie sie liebevoll von den Einheimischen genannt werden, lächeln sie wie vertraute Freunde an.

Auch Catalina ist Schriftstellerin. Fühlt sie sich deshalb so wohl hier? Einmal hat sie ein Buch mitgebracht, auf dem groß ihr Name stand. Sie blätterte damals darin, immer wieder, machte Anmerkungen in den kurzen Texten. Offenbar schreibt sie Erzählungen. Sobald sie hier eingetroffen ist, bestellt sie eine große

Melange, legt dann mehrere leere und beschriebene Blätter auf den Tisch, schreibt ein paar Sätze, überlegt. Ich kenne sie seit langer Zeit. Bald wird sie einen zweiten Kaffee bestellen und dazu ein Stück Malakofftorte. Ihre Körperfülle verdeckt sie mit weit geschnittener Kleidung. Meist trägt sie lange, dunkle Röcke, schwarze Oberteile, die mit Colliers in verschiedener Breite geschmückt werden. Sie liebt breite Ringe. Armbänder legt sie beim Schreiben rechts oberhalb ihrer Tasse auf den Tisch. Ihre glatten, dunklen Haare sind kurz geschnitten. Catalina malt die Augenbrauen schwarz nach und tuscht ihre Wimpern. Wenn sie schreibt, setzt sie eine leicht getönte Brille auf, dann erst greift sie mit ihren kurzen, dicken Fingern nach einem Kugelschreiber. Nie habe ich sie mit einem Laptop ins Café kommen sehen.

Nun schaut sie wieder in den großen Raum, auf die Säulen, die Deckenleuchten, die Rundbögen, die hohen Fenster. Eine Dame in rotem Kostüm kommt an ihren Tisch. Umarmt sie. Schüttelt ihr die Hand. Gratuliert Catalina zu dem Literaturpreis, den sie vor Kurzem erhalten hat. Jetzt höre ich Wörter wie neues Buch, Roman. Catalina spricht mit sehr heller Stimme, die manchmal gequetscht klingt. Als ich sie das erste Mal sprechen hörte, war ich über ihre Stimme sehr überrascht. Bei dieser Körperfülle hatte ich eine eher dunkle erwartet.

Letzte Woche, nach der Preisverleihung, wurde sie hier im Café von einem Fernsehteam interviewt. Sie erschien etwas aufgeregt bei der Beantwortung der

Fragen. Natürlich wollte der Journalist wissen, ob weitere Erzählungen entstehen oder ob sie an einem Roman arbeite. Der Interviewer fragte, warum in ihren Geschichten meist Verlust, Trauer und Schmerz eine so große Rolle spielen. Da schwieg sie kurz und meinte, etwas zögernd, dass diese Gefühle doch jeder Mensch verarbeiten müsse. Zum Schluss wurde auf Catalinas Lesetermin hingewiesen, denn in meinem Café finden regelmäßig Lesungen österreichischer Autoren statt. Dann machte die Kamera noch einen kurzen Schwenk zum Bösendorfer Flügel, an den sich gerade der Pianist hingesetzt hatte und die Gäste, wie jeden Tag ab 17 Uhr, mit Salonmusik unterhält.

Wird Catalina einen Roman schreiben? Dann käme sie noch sehr oft in mein Café und vielleicht würde sie auch mich erwähnen.

Caffè Letterario delle Giubbe Rosse - Florenz

Bühne frei für die Erotik

Sie warten schon geraume Zeit auf den Autor, der heute Abend sein neues Buch vorstellen wird. Ein Journalist und der Verleger haben bereits an einem langen Tisch Platz genommen. Sie blicken auf die Gäste in diesem geräumigen Caffè, die an einzelnen kleinen Tischen sitzen, aufmerksam in dem Flyer lesen, der ein Foto des Autors zeigt und eine Kurzbiografie enthält. Einige geben noch eine Bestellung auf. Die Ober in ihren roten Jacken servieren verschiedene Getränke.

Mein Caffè, das bekannt ist für seine kulturellen Veranstaltungen, hatten 1927 die deutschen Brüder Reininghaus gegründet. Ein Name, den die Florentiner nicht aussprechen konnten. Da die Ober, wie in Wien, rote Jacken trugen, nannten sie das Caffè bald »Giubbe Rosse«.

Mein Platz in diesem Caffè ist auf dem Regal mit den Büchern, unterhalb der großen Uhr. Meine fünf silbernen Arme halten rote Kerzen, die jeden Abend angezündet werden, wenn die Gäste zum Essen kommen, zu Lesungen oder Ausstellungen. Ich habe von hier einen freien Blick auf das ganze Caffè.

Einem Bühnenauftritt gleich bahnt sich nun der Autor seinen Weg zwischen den Gästen zu dem leeren Platz an dem langen Tisch. Freundlicher Beifall. Der Verleger stellt ihn vor, bedankt sich für sein Kommen und übergibt ihm das Wort. Doch noch zischt die

Espressomaschine. Mit strenger Miene blickt der Autor zu ihr. Wartet. Dann, nach einem knappen »Buona sera«, teilt er mit, dass er aus seinem neuen Band erotischer Gedichte lesen werde. Vielleicht kamen wegen der Erotik so viele Besucher? Sicher hat die Ankündigung in der Presse und dem Flyer Neugier geweckt. Ich sehe einige Gäste schmunzeln, manche flüstern sich etwas zu.

Meine Blicke ruhen auf dem Autor. Sein schmales, fast hageres Gesicht, seine schwarze Kleidung, das schüttere Haar, das dunkle Brillengestell – all das macht mich neugierig auf seine Erotik. Gespannte Aufmerksamkeit breitet sich aus. Er schlägt eine Seite seines Buches auf, tritt zurück und liest mit kräftiger, tiefer Stimme. Immer wieder hebt er beschwörend seinen rechten Arm hoch, spricht von Begierde und Lust.

Pause.

Der Autor geht zur Theke und trinkt ein Glas Wasser. Ich höre, wie eine Dame ihre Nachbarin fragt, wo denn die Erotik bliebe. Auch ich hatte mir sehr viel mehr davon erwartet.

Ich habe schon eine Reihe von Lesungen erlebt. Die vielen Fotografien an den Wänden erinnern an berühmte Schriftsteller, die sich hier trafen und ebenfalls aus ihren Werken gelesen haben. Anfangs war das Giubbe Rosse allerdings ein Caffè für Schachspieler, und es wird erzählt, dass sogar Lenin hier Schach gespielt habe. Später erst wurde es Treffpunkt für Literaten wie Eugenio Montale, Salvatore Quasimodo oder André Gide. Die Vertreter des Futurismus, die hier ebenfalls zusammenkamen, wurden von den Faschisten misstrauisch beobachtet. Die Ober mussten nun weiße Jacken tragen. Als die amerikanischen Truppen 1943 eintrafen, wurde aus dem Caffè ein Club – und die Ober durften wieder ihre roten Jacken anziehen.

Jetzt kehrt der Autor zurück an den langen Tisch, rezitiert seine Gedichte, wirft Wörter wie Schmerz, Besitz, Gewalt ins Publikum.

Schweigen. Zögerlicher Beifall. Dann ein knapper Dank des Verlegers und der Hinweis, dass man die Neuerscheinung am Büchertisch erwerben könne. Einige Besucher blättern in dem schmalen Band, legen ihn etwas ratlos wieder zurück. Andere bestellen noch ein Getränk. Schauen mit kritischen Blicken zum Autor, der Fragen des Journalisten beantwortet.

Meine Kerzen sind tief herabgebrannt. Doch bald werden Bilder einer jungen Malerin hier ausgestellt – dann darf ich wieder leuchten.

Caffè Pedrocchi - Padua

Genussvolle Stunde des Aperitifs

Im 18. Jahrhundert gab es in Padua eine Vielzahl von Cafés. 1772 eröffnete Francesco Pedrocchi im Zentrum der Stadt, in der Nähe der Universität und dem Rathaus, ein Caffè, das einmal das schönste von Padua werden sollte. Später übergab er es seinem Sohn Antonio, der das Nebengebäude dazukaufte und den Architekten Giuseppe Jappelli mit der Gestaltung des Kaffeehauses beauftragte. Es entstand ein Bau im neoklassizistischen Stil, der mit seinen dorischen und korinthischen Säulen eher an einen Tempel erinnert als an ein Caffè. 60 Jahre nach der Eröffnung wurde es zur beliebtesten Einrichtung der Stadt. Hier trafen sich Künstler, Schriftsteller, Politiker, Studenten. Da es bis 1916 Tag und Nacht geöffnet war, hieß es auch »Das Caffè ohne Türen«. Nach dem Tod von Antonio Pedrocchi 1852 übernahm es Domenico Cappellato, der es in seinem Testament der Stadt Padua vermachte. Aufgrund großer wirtschaftlicher Schwierigkeiten wurde das Caffè geschlossen und erst im Dezember 1998 wiedereröffnet.

Da kommt sie wieder. Gleich wird sie mir gegenüber Platz nehmen. Hier im Roten Saal des Caffè Pedrocchi fühlt sie sich offenbar am wohlsten. Dieser Saal ist der größte von drei Sälen. Dorische Säulen und eine ellipsenförmige Bar aus Marmor machen ihn zum elegantesten. Genau über der Mitte dieser Bar ist mein Platz. Ich, die große runde Uhr, bin auf einer vergoldeten Platte an der Wand angebracht. Von hier oben habe ich einen guten Überblick, kann in Ruhe die Gäste betrachten und ihren Gesprächen lauschen. Die anderen beiden Säle bieten mir nicht so viel Abwechslung.

Im Weißen Saal finden sich an einer Wand Spuren von Einschüssen österreichischer Soldaten, welche 1848 den Aufstand italienischer Studenten gegen die Habsburger bekämpften. In diesem Saal soll Stendhal, der viele Stunden im Pedrocchio verbrachte, Anregungen für seinen Roman *Die Kartause von Parma* erhalten haben.

Den Grünen Saal besuchten weniger begüterte Personen und auch Studenten, denn hier konnte man so lange bleiben, wie man wollte, was vor allem im Winter wichtig war, konnte ungestört lesen oder sich einfach nur unterhalten.

Häufig kommt sie mit mehreren Tüten aus dem Kaufhaus Rinascente. Manchmal öffnet sie die eine oder andere, zieht ein Tuch heraus oder eine Bluse, betrachtet sie lange, faltet sie wieder zusammen und steckt sie dann zurück.

Heute jedoch betritt sie mein Caffè ohne Einkaufstüten. Der Ober bringt ihr einen Cappuccino und ein Croissant. Ich hätte ihr gerne die Spezialität dieses Hauses empfohlen, den Kaffee mit Pfefferminzsahne und Kakaopulver darüber gestreut. Jetzt öffnet sie ihre schmale schwarze Lackledertasche, legt einen weißen Briefumschlag achtlos auf den runden Marmortisch, zieht einen schmucklosen, kleinen Taschenspiegel heraus und zieht mit einem Lippenstift die Konturen ihrer Oberlippe und der volleren Unterlippe nach. Das zarte Rot passt gut zu ihrer hellen Haut und dem olivgrünen Twinset. Wie eine feine, zerbrechliche Porzellanpuppe sitzt sie vor mir.

Meist wird sie von einem großgewachsenen schlanken Herrn begleitet, dessen schwarze Haare ihm wieder und wieder in die Stirn fallen. Die dunklen Augen in seinem von der Sonne gebräunten Gesicht scheinen immer zu lächeln. Die beiden haben sich anscheinend viel zu sagen. Ihr Lachen, ihre Gesten drücken Vertrautheit aus. Doch es entgeht mir nicht, dass der junge Mann während des Gesprächs auch anderen Frauen zulächelt. Sieht sie das nicht? Will sie es nicht sehen?

Obwohl sie oft hierherkommen, bewundern sie immer wieder die weißen Säulen, die Bar, den schwarzen Flügel. Einmal hörte ich, wie sie über das obere Geschoss sprachen, in dem sich mehrere Räume befinden, die mit Gegenständen aus ägyptischer, etruskischer oder römischer Zeit ausgestattet sind. Offenbar hatten sie auch im ersten Stock das Museum des Risorgimento besucht, das die politische Bewegung in Italien zwischen 1815 und 1870 dokumentiert und auch das Moderne Museum, in dem von Venetien und der Geschichte der Venezianischen Republik berichtet wird.

Mehr und mehr Gäste betreten das Caffè. Meist in kleinen Gruppen. Es ist die Stunde des Aperitifs. Jetzt trifft man sich mit Freunden und Bekannten, tauscht Erlebnisse und Begebenheiten vom Tag aus und genießt den Aperol, den Punt e Mes oder Martini, serviert mit Oliven oder Kartoffelchips. Die Tradition des Aperitifs entstand in Turin, als dort Ende des 18. Jahrhunderts der Wermut erfunden wurde. Die älteren Damen nutzen den Aperitif, um ihre eleganten Garderoben, Perlenketten und glitzernde Ringe zu zeigen, eine Stola lässig um die Schultern gelegt. Auch die Hand manch eines Herren im dunklen Anzug und spitzen schwarzen Lackschuhen ziert ein breiter Goldring. Sie unterhalten sich laut und lebhaft. Diskret bringt der Ober die verschiedenen Getränke. Verteilt kleine Schalen mit Salzgebäck.

Heute sitzt sie weiterhin allein an ihrem Tisch. Sie lehnt sich zurück. Blickt zur Tür. Der Ober fragt sie etwas. Sie schüttelt den Kopf, blickt nochmals zur Tür, greift jetzt nach dem Briefumschlag, zögernd noch, betrachtet ihn lange, reißt ihn schließlich heftig auf und faltet einen Bogen weißes Papier auseinander. Ich sehe nur wenige Zeilen.

Gebannt blickt sie darauf. Bewegt ihre Lippen. Dreht schließlich das Blatt um. Weiße Leere. Ich gewinne den Eindruck, dass er nicht nur das Treffen abgesagt hat. Vielleicht teilt er ihr in diesem Brief mit, dass eine Trennung besser wäre. Ich kann mir auch vorstellen, dass er in einem anderen Caffè mit einer anderen Dame einen Prosecco trinkt.

Sie lehnt sich zurück. Greift dann kraftlos nach ihrer Handtasche, nach dem Papier, hält sich einen Augenblick am Tisch fest, ehe sie unsicher zum Ausgang geht.

Caffè degli Specchi – Triest

Das verräterische Tagebuch

Ich bin stolz darauf, hier im berühmten Caffè degli Specchi auf der Piazza dell'Unità d'Italia als dunkelroter, elegant drapierter Vorhang über einem hohen Fenster Teil der Einrichtung zu sein.

Die Dame, die hier vor einer Weile Platz genommen hat, eine auffallende Erscheinung, habe ich noch nie gesehen. Manch ein Gast blickt verstohlen zu ihr hinüber. Dick aufgetragenes Make-up täuscht Sonnenbräune vor, helles Grün schimmert auf den Lidern, das Rouge auf ihren Wangen hat den gleichen Farbton wie der grellrot geschminkte große Mund. Mit langen, rot lackierten Fingernägeln greift sie nach der Kaffeetasse. Nun blättert sie in Zeitungen, tippt dann auf ihrem Handy, doch immer wieder blickt sie angespannt auf die Eingangstür dieses Kaffeehauses, das sich im langgestreckten Erdgeschoss eines prächtigen Palastes befindet. Der griechische Kaufmann Nicolò Stratti hatte ihn 1839 errichten lassen – er sollte der größte und schönste von Triest werden. Auch ein Grieche eröffnete im gleichen Jahr darin ein Caffè im Stil der Wiener Kaffeehäuser. Wenige Jahre später musste Stratti seinen Palast wegen hoher Verschuldung verkaufen. Von da an wechselte das Caffè häufig seinen Besitzer. Inzwischen gehört es dem bekannten Kaffeeröster Segafredo Zanetti, der es dann an die Chocolatier-Familie Peratoner verpachtete. Der Name des

Caffès geht auf die zahlreichen Spiegel hier zurück. Auf ihnen wurden wichtige geschichtliche Ereignisse festgehalten. Die Spiegel gibt es weiterhin, aber nur noch drei von ihnen sind historische. Früher wurde das Caffè degli Specchi von Triestiner Künstlern wie Italo Svevo oder James Joyce besucht, ebenso von Rilke und Kafka. Heute besetzen Touristen die endlos lange Reihe von Tischen und Stühlen im Innenraum wie auch auf der Terrasse.

Schwungvoll öffnet jetzt ein sportlich aussehender junger Mann die Tür, blickt rasch um sich und eilt auf die ältere Dame zu. Sie steht sofort auf, umarmt ihn, drückt ihn an sich. Offenbar ist ihm das unangenehm. Er geht einen Schritt zurück, fasst ihre Hände.

»Es freut mich, dass wir uns hier treffen.« Doch seine Stimme drückt keine Freude aus.

»Möchtest du etwas trinken?« Ihre Worte klingen fürsorglich und verunsichert zugleich.

Er lehnt ab. »Ich habe heute noch einen Termin. Wir werden eine wichtige Szene für den neuen Film eines jungen, aufstrebenden Regisseurs drehen. Es geht um die politische Lage Triests Anfang der 1940er-Jahre. Ich spiele darin einen italienischen Partisanen.«

Die alte Dame streicht eine Strähne ihres tiefschwarz gefärbten Haares zurück, tastet nach dem großen silbernen Anhänger auf ihrem grünen Rollkragenpullover und greift in eine Tasche ihres schwarzen Hosenanzugs. »Hier, das Foto, das du mir geschickt hast. Deine beiden Kinder sind dir sehr ähnlich.«

Er nickt.

»Jetzt seid ihr eine richtige Familie.«

Der junge Mann presst seine schmalen Lippen fest zusammen. Dann bricht es allerdings aus ihm heraus. »Eine ›richtige Familie‹ hast du gesagt? Ich lebte als Kind nie in einer richtigen Familie. Warum hast du mir meinen Vater vorenthalten? Wenn ich nach ihm fragte, wusstest du stets eine andere Antwort.«

Bestürzung, ja Fassungslosigkeit breitet sich auf ihrem Gesicht aus. »Warum fragst du mich das gerade jetzt?«

Ich blicke gebannt auf die beiden.

Der junge Mann wartet offenbar auf eine Antwort.

»Dein Vater und ich erlebten eine sehr intensive, sehr glückliche Zeit. Doch er war verheiratet. Wir hätten keine gemeinsame Zukunft gehabt. Nach unserer Trennung habe ich ihm gar nicht gesagt, dass es dich gibt.«

»Er hatte einen Sohn und wusste es nicht?«

Sie nickt. Holt tief Atem. »Er war Schauspieler, wie du, wie ich. Hier in Triest hatten wir uns kennengelernt.«

Betroffen rückt er seinen Stuhl zurück. »Du bist also gar nicht wegen mir gekommen? Du wolltest die glückliche Zeit mit ihm noch einmal nachempfinden?« Gregors Gesichtszüge verhärten sich.

Mit schneidender Stimme teilt er ihr mit, dass er bei seinem letzten Umzug in einer großen Tasche, die sie ihm einmal geschenkt hatte, einen harten Gegenstand fühlte, als er noch ein paar Fotos in ein Seitenfach stecken wollte. Da habe er den Reißverschluss geöffnet und ein kleines Buch gefunden mit eng beschriebenen Seiten und hatte von nie erlebtem Glück, von Ausflügen nach Muggia und Miramare gelesen. Erwartungsvoll blickt er seine Mutter an. Sehr aufrecht sitzt sie vor ihm.

Eine stolze Frau, denke ich.

»Fremde Tagebücher sind ein Tabu.«

»Es warst du, die das alles geschrieben hat! Du bist keine Fremde! Aber ich habe jetzt eine Ahnung, wie mein Vater ausgesehen hat, wie liebevoll er war. Und all das durfte ich nicht wissen.« Rasch greift er in seine Jackentasche und legt das Buch auf den Tisch.

Erschreckt blickt sie darauf. Berührt es, angstvoll fast. »Behalte es. Ich brauche es nicht mehr.«

»Lebt er noch?«

Ich höre Hoffnung aus seinen Worten. Das Bedürfnis, den Vater doch noch kennenzulernen.

»Nein. Er starb wenige Jahre nach unserer Begegnung. Seine Krankheit wurde zu spät erkannt.« Sie schweigt. »Er wollte nicht krank sein.« Nun greift sie doch nach dem Tagebuch. Steckt es behutsam in ihre Handtasche.

Gregor lässt keine ihrer Bewegungen aus den Augen.

»Wie lange bleibst du in Triest?« Er stellt die Frage in einem kühlen, unnahbaren Ton.

»Ich fahre übermorgen zurück nach Wien. Ich hoffe, ihr besucht mich einmal.«

Da lacht er kurz und hart auf.

Gran Caffè Gambrinus - Neapel

Schwarzer Kaffee und blondes Bier

Kann ein Espresso UNESCO-Weltkulturerbe sein? 30.000 Personen haben sich schon mit ihrer Unterschrift dafür eingesetzt, dass der Espresso des Caffè Gambrinus in Neapel diese Auszeichnung erhält. Das schwarze Getränk weckt auf, entspannt, zaubert gute Laune, hilft bei Trauer und rundet ein gutes Essen ab. Als Papst Franziskus das Gambrinus besuchte und dort einen Kaffee bestellte, erfuhr er, dass man in Neapel keinen Kaffee, sondern einen ›espresso napoletano‹ verlangt.

Meist wählt man dazu ein Gebäck, und zwar »a sfujatélla«, eine Sfogliatella, eine Leckerei aus feinstem Blätterteig in Form einer Venusmuschel, gefüllt mit köstlicher Creme. Die Stunde des Aperitifs heißt in Neapel Stunde der Sfogliatella.

Mit der Einheit Italiens 1860 beginnt die Geschichte des Caffès. Vincenzo Apuzzo eröffnete im Erdgeschoss des Palazzo della Foresteria das Caffè Gambrinus. Die günstige Lage zwischen der Piazza Plebiscito und dem Palazzo Reale machte es rasch zu einem beliebten Treffpunkt der Neapolitaner. Außerdem hatte sich in kurzer Zeit herumgesprochen, wie ausgezeichnet der Espresso, das Eis und die Kuchen zubereitet wurden. Etwa 20 Jahre später stürzte das Caffè in eine schwere Krise und stand kurz vor der Schließung. Doch der umsichtige und kluge Mäzen

Mariano Vacca, ein großer Freund und Förderer von Künstlern, beauftragte den Architekten Arturo Curri mit der Restaurierung des Caffès. Stuckarbeiten, Marmorstatuen in Nischen und Landschaftsmalereien an den Wänden machten aus dem Caffè eine Kunstgalerie, als es 1890, dank der soeben erfundenen Elektrizität, in strahlendem Licht wiedereröffnet wurde.

Um diese »Wiedergeburt« zu feiern, erhielt das Caffè den Namen »Gran Caffè Gambrinus«. Der Name »Gambrinus« tauchte 1519 in Antwerpen zum ersten Mal auf. Gab es Gambrinus wirklich oder existiert er nur aufgrund eines Schreibfehlers? Um seine Person ranken sich mehrere Sagen. So soll er, als Sohn eines germanischen Königs, die ägyptische Sonnengöttin Isis geheiratet haben, die ihm die Kunst des Bierbrauens beibrachte. Es gab aber auch den Germanenstamm der Gambrivier, deren König Gambrivius hieß. Durch falsche Schreibung könnte daraus Gambrinus geworden sein. Der damalige Besitzer jedenfalls stellte sich einfach eine glückliche Ehe zwischen zwei berühmten Getränken vor, dem blonden kühlen Bier aus dem Norden mit dem dunklen heißen neapolitanischen Espresso.

Das Gambrinus wurde nun Mittelpunkt des gesellschaftlichen und kulturellen Lebens. Hier trafen sich Schriftsteller, Musiker, Maler, Politiker und Journalisten. Hier wurde diskutiert und gedichtet. Ein Ober erzählte einmal, wie Gabriele d'Annunzio mit Bleistift auf ein Papier den Text zu dem berühmten Lied *A Vucchella* (italienisch Boccuccia, deutsch: *Kleiner Mund*) schrieb, den dann der Komponist Tosti vertonte. Von dem italienischen Autor Maurizio de Giovanni wird berichtet, wie er sich an eines der Marmortischchen setzte, einen Espresso und eine sfogliatella bestellte und auf eine Idee wartete. Neidvoll beobachtete er die anderen Schriftsteller, die schon schrieben, Blatt um Blatt füllten, während er immer noch auf eine Eingebung wartete. Als er plötzlich am Fenster ein kleines Mädchen sah, kam ihm die Idee zu einem Roman. Das Gambrinus besuchten Adlige und Könige wie auch die Kaiserin Sissi, an die ein großes Bild erinnert. Oscar Wilde war hier Gast, Jean Paul Sartre und Ernest Hemingway. Ende des 19. Jahrhunderts wird das Gambrinus ein Konzert-Caffè. Auch heute singen manchmal die Ober »spontan« inmitten ihrer Gäste Arien und Lieder zur Freude der Besucher.

1938 musste das Caffè schließen, weil es als Treffpunkt der Antifaschisten galt. Die kostbare Einrichtung konnte man in die Banco di Napoli bringen und so vor der Zerstörung bewahren. 1952 gelang dem Unternehmer Michele Sergio die Wiedereröffnung. Seine Söhne Arturo und Antonio übernahmen nach ihm die Geschäfte.

Heute blickt das Gran Caffè Gambrinus auf 160 Jahre Geschichte zurück. Wie in der Belle Époque strahlt die elegante Inneneinrichtung erneut in festlichem Glanz und macht es zu einem der schönsten Caffès in Italien. Hier kann der Gast auch alkoholische Getränke zu sich nehmen und Speisen aus der Cucina Partenopea, der neapolitanischen Küche, probieren, die auf die Griechen und Römer zurückgeht. Wesentliche Bestandteile sind Fische und Meeresfrüchte, Mozzarella und Tomaten, viel Gemüse wie Auberginen, Artischocken, Brokkoli, Paprika und Chilischoten. Der poetische Name der Küche erinnert an Odysseus, der auf seiner Irrfahrt zurück in seine Heimat Ithaka an der Insel der Sirenen vorbeikam, die ihn mit ihrem Gesang zu verführen versuchten. Als ihnen dies nicht gelang, stürzten sie sich ins Meer. Eine von ihnen, Parthenope, wurde vor Neapel ans Ufer geschwemmt und gab der prächtigen Uferstraße ihren Namen: Via Partenope.

Das Gambrinus bietet eine weitere Besonderheit: Hier wurde der »caffè sospeso« geboren. Am Eingang der Bar steht eine große Kaffeemaschine, in die man den Rechnungsbeleg für einen weiteren Kaffee hineingibt, der für die Person gedacht ist, die sich keinen Espresso leisten kann. Es drückt eine typisch neapolitanische Eigenschaft aus: Das Wissen, wie wichtig menschliches Miteinander ist. Es soll einmal einen Gast gegeben haben, der gleich fünf Kaffees spendete. Vielleicht wünschte er sich auch, auf diese Weise neue Freunde zu gewinnen?

Caffè San Marco – Triest

Capo oder Nero?

Schon sehr lange sitzt ein schlanker, junger Mann in schwarzen Jeans und schwarzem Pullover auf einem der dunklen Sofas im Caffè San Marco direkt unter mir. Ich bin eines der Medaillons an den gelben Wänden zwischen den hohen Spiegeln. Mein Platz erlaubt mir, auf die Gäste zu sehen, ihnen sehr nahe zu sein. Auf dem kleinen eckigen Marmortisch vor ihm hat er soeben einen Skizzenblock und mehrere Stifte hingelegt. Konzentriert zeichnet er die Gegenstände der Einrichtung wie die Thonetstühle, den Blumenfries an der Decke, die Kugellampen. Nun legt er den Stift zur Seite, streicht sich durch sein dichtes schwarzes Haar, blickt versonnen auf die dunkle Theke, bestückt mit einer Vielzahl von Flaschen und Gläsern sowie einer hohen Elektra Espressomaschine aus Kupfer und Messing. Die Bedienung bringt ihm soeben den zweiten Espresso, der hier »nero« heißt. Es gibt auch den »nero in b«, der nicht in kleinen Tässchen, sondern im Glas – dem bicchiere – serviert wird. Er hätte auch einen »capo« bestellen können, einen Espresso mit Milch. Den Gedanken, einen »deca«, einen koffeinfreien Espresso zu trinken, hatte er sicher nicht.

Dieser junge Mann ist nicht das erste Mal hier. Aber noch nie habe ich ihn mit einem Skizzenblock gesehen. Seine schmalen gepflegten Hände zeichnen kraftvolle Linien. Jetzt schiebt er mehrere Blätter beiseite und beginnt einen Frauenkopf zu entwerfen. Ich blicke auf ein junges Mädchen mit dichten schwarzen Locken, großen Augen. Sie lächelt ein bisschen, es ist ein scheues Lächeln. Wieder legt er den Stift auf den Tisch, trinkt einen Schluck. Betrachtet die Gäste in diesem langgestreckten hellen Raum.

Mein Caffè ist eines der ältesten in Triest. Manche betrachten meine Stadt als die dritte österreichische nach Wien und Prag. Bis 1918 gehörte Triest zu Österreich. Das San Marco hat die Einrichtung und das Dekor der Habsburger Ära beibehalten. Der wohlhabende kroatische Holz- und Weinhändler Marco Lovrinovich schätzte die österreichischen Kaffeehäuser so sehr, dass er 1901 beschloss, nach Triest zu ziehen, und dort ein elegantes Café zu eröffnen. Es dauerte jedoch Jahre, bis er eine Lizenz bekam, denn die anderen Kaffeehausbesitzer versuchten die Eröffnung eines weiteren Cafés zu verhindern.

Lovrinovich machte kein Hehl daraus, dass er ein Anhänger der italienischen Patrioten war, welche die Unabhängigkeit von Österreich wollten. Er beauftragte einen gleichgesinnten Maler mit dem Dekor. Auf die weißen Wände der Durchgangsbögen malte er rote Kaffeebohnen und grüne Blätter – so entstanden die Farben der italienischen Flagge. Heute ist diese Bemalung bronzefarben. Zu Beginn des Ersten Weltkriegs musste das Caffè San Marco schließen, konnte jedoch bereits 1919 unter neuer Leitung wieder öffnen. Schon bald wurde es Treffpunkt des gehobenen Bürgertums und der Intellektuellen. Als Antonio Stock das Caffè viele Jahre später übernahm, nannte man es »Salon von Triest«, in dem die Besucher Schach und Billard spielten.

Heftig schiebt jetzt mein Gast seinen Stuhl zurück, als eine junge Frau in schwarzem Minirock und tief ausgeschnittenem roten T-Shirt aus einem der anderen Räume mit leichten Schritten auf ihn zugeht. Er lacht, umarmt sie kurz, gibt ihr einen Wangenkuss. Aus dem Skizzenblock herausgesprungen hat sich ihr leichtes Lächeln in ein strahlendes verwandelt. Sie setzt sich zu ihm, zeigt ihm ein Buch, das sie offenbar gerade in dem langgestreckten Raum erworben hat. Eine Vielzahl von Büchern füllt dort die niedrigen, dunklen Regale. In der Mitte stapelt sich Lektüre auf einem langen Tisch. Seit vielen Jahren befindet sich im San Marco diese »Bücherei«, weshalb es auch Literatencaffè genannt wird. Die jetzige Leitung möchte das Caffè zu einem Kulturzentrum machen, in dem auch Konzerte stattfinden sollen.

Ob die junge Dame auch den etwas kleineren Raum mit den bizarren Porträts von Männerköpfen im Profil, mit ausgeprägten Nasen, mit rundem Kopf oder hohem eierförmigem besucht hat? Einer der Herren mit Brille und weißem Schnurrbart trägt passend zu seinem weißen Stehkragen auch einen weißen Zylinder. Hier treffen sich manchmal Anhänger verschiedener Gruppen, welche die Welt verändern wollen. Einige von ihnen trauern der Zeit nach, als Triest noch zu Österreich gehörte.

Jetzt kann ich den Titel des Buches erkennen, das

diese junge Dame gekauft hat. Es ist der Roman »Ein anderes Meer« von Claudio Magris, einem der bedeutendsten Schriftsteller Italiens, der hier Stammgast ist. Er hat seinen Platz ganz hinten am letzten Tisch, wo er – wenn er nicht gerade auf einer Lesereise unterwegs ist – ungestört schreiben kann. Vielleicht wollen auch diese beiden ein Buch herausgeben. Ich könnte mir vorstellen, dass sie Geschichten schreibt, die er illustriert. Sie reden jetzt sehr heftig miteinander. Immer wieder deutet sie auf seine Zeichnungen, spricht eindringlich. Er hört ihr aufmerksam zu, nickt. Vielleicht verfassen sie ein Buch über mein Caffè? Dann werde ich bestimmt auch erwähnt. Szenen für einen Film wurden im San Marco schon gedreht, *Senilità,* nach dem Roman von Italo Svevo.

Pasticceria Cova - Mailand

Für Verdi Panettone und Marsala

Meine Besuche in der Pasticceria Cova in Mailand in der Via Montenapoleone, dem eleganten Modeviertel Mailands, betrachte ich immer als Belohnung nach langen, oft ermüdenden Spaziergängen durch diese Stadt. Als ich das erste Mal hierher kam, hatte ich Probleme mit dem Logo. Ich las OYA und entdeckte erst später, dass das Y ein V ist und diese drei Buchstaben von einem C umarmt werden: COVA.

Antonio Cova, gelernter Konditor, später Soldat im Dienst Napoleons, gründete 1817 nahe der Scala das Caffè Cova, das er Caffè del Giardino nannte, weil es sich in der Nähe der Straßenkreuzung Corsia del Giardino und Via S. Giuseppe befand. Damals gab es in Mailand viele Cafés, weshalb seines das eleganteste in der Stadt werden sollte. Für die Innenausstattung wählte er kostbare Möbel aus verschiedenen Hölzern wie Esche oder Nussbaum. Er beauftragte die angesehensten Werkstätten für die Herstellung der reich verzierten Türen oder für eine ziselierte Bronzewaage, die noch heute im Caffè zu bewundern ist.

Das Cova wurde bald zum Treffpunkt der gehobenen Mailänder Gesellschaft, auch der Politiker, Musiker, Schauspieler und Künstler. Verdi besuchte die Pasticceria ebenfalls regelmäßig. Hier traf er sich mit seinen Freunden wie dem Komponisten und Librettisten Arrigo Boito oder Clara Maffei, deren Salon in

Mailand berühmt war. Als Boitos Oper *Mefistofele* 1868 an der Scala durchfiel, trafen sich seine Freunde im Cova, um Arrigo Boito zu trösten. Verdi mied jedoch an diesem Abend sein geliebtes Caffè. 1848 wurde das Cova zum Treffpunkt der italienischen Patrioten, welche die österreichische Fremdherrschaft abschütteln wollten. Man könnte sagen, dass das Risorgimento hier seinen Anfang nahm. Auch Verdi mischte sich unter die Politiker, nahm an den hitzigen Diskussionen teil.

Während des Zweiten Weltkriegs wurden das Cova wie auch die Scala bombardiert. 1950 fand es eine neue Bleibe im berühmten Modeviertel Mailands, im Viertel Quadrilatero, in der Via Montenapoleone.

Nicht nur damals verkehrten hier Aristokraten und Intellektuelle. Auch heute begegnen sie sich hier, schätzen den Luxus, den das Cova bietet, möchten ein bisschen vergangene Zeiten wachhalten. Wer dieses Caffè betritt, darf nicht sofort an einem Tisch Platz nehmen. Der Gast wird von einem freundlichen Ober begrüßt, der ihm zu verstehen gibt, dass man hier warten müsse, bis er ihn zu einem Tisch geleite, was mit einer sehr eleganten Verbeugung geschieht. Schon damals, als Antonio Covas Sohn Costantino und dann sein Schwager Chierichetti das Caffè weiterführten, wurde auf gutes Benehmen der Gäste großen Wert gelegt. Wenn ein Besucher beim Betreten des Caffès noch seinen Zylinder auf dem Kopf trug und ihn achtlos auf den nächsten Tisch warf, rief ihn Chierichetti sofort zur Ordnung. Gutes Benehmen war ihm genauso wichtig wie die exzellente Herstellung des

Panettone und die aufmerksame Bedienung der Besucher durch das Personal. Und diese dankten es mit hohem Trinkgeld und nahmen niemals Anstoß, wenn er wieder die Preise erhöhte.

Wie in der *Gazzetta Musicale di Milano* vom 21. Juli 1867 berichtet wird, unterhielt in den Sommermonaten auf Initiative von Chiaretti jeden Sonntag und jeden Donnerstag ein Orchester die Gäste. Vierzig Berufsmusiker spielten unter der Leitung von Maestro Rivetta Stücke aus Opern wie Rossinis *Wilhelm Tell* und der *Diebischen Elster*, Verdis *Sizilianische Vesper* und *Aroldo*, Donizettis *Fausta* oder Gounods *Königin von Saba*. Sehr beliebt waren bei den Besuchern auch die Walzer von Strauß. Aber es wurden auch Kompositionen von jungen, unbekannten Musikern aufgeführt. Da die Gäste, die weiter hinten saßen, die leiseren Töne des Orchesters nicht immer gut hören konnten, plante Chiaretti, für die Musiker einen Pavillon zu errichten, damit die Musik im ganzen Garten vernommen werden konnte.

Auch heute besticht das Cova durch seine Eleganz. Die Räume sind in verschiedenen Farben und mit unterschiedlichen Möbeln eingerichtet. Hellgelbe Wände und Decken, Kristalllüster und Leuchten vermitteln Wärme und Behaglichkeit. In Vitrinen reihen sich Weinflaschen und Gläser dicht aneinander. Kleine Blumenvasen zieren die Tische. Auf blauen Samtsofas oder dunklen Stühlen mit hellen Polstern genießt man ein üppiges Frühstück oder einen Lunch, Desserts, den High Tea oder den Aperitif. Fantasiereich verzierte Kuchen und Torten und Törtchen erwarten den Gast, welcher der Verführung kaum widerstehen kann. Es gibt sogar eine »Sacher di Cova«. Der Laden des Caffès quillt über von verschiedenen Panettone – verpackt und mit üppigen Schleifen in Rot, Blau oder Braun dekoriert. Diesen Panettone des Cova liebte Verdi ganz besonders. Häufig kaufte er ihn auch für seine geliebte Frau Giuseppina Strepponi. Das Rezept für diesen Kuchen hütet die Pasticceria von Generation zu Generation seit Beginn des 20. Jahrhunderts. Ursprünglich wurde er nur zu Weihnachten gebacken, inzwischen gibt es ihn das ganze Jahr hindurch. Verdi liebte auch den Marsala des Cova. Nicht nur einmal hatte er davon zwanzig Flaschen bestellt.

2017 feierte die Pasticceria ihr zweihundertjähriges Bestehen. Bei der Umgestaltung des Caffès galt die Aufmerksamkeit vor allem den Innenräumen: Mosaikboden im Eingangsbereich, dunkles Parkett wie bei der Gründung des Cova. Der originale Ladentisch aus Mahagoni ist eine wertvolle Rarität. Das Caffè wird jetzt von den Schwestern Paola und Daniela Faccioli geführt, die bestrebt sind, Tradition mit der Moderne zu verbinden. Die Gäste können jetzt auch den mit geschmackvollen Möbeln ausgestatteten Innenhof nutzen, der sicher ein neuer Treffpunkt in diesem Stadtviertel sein wird.

Inzwischen hat das Cova Niederlassungen in Asien. Seit 2013 gehört es zur Gruppe Moet Hennessy Louis Vouitton.

Café Glockenspiel - Salzburg

Espresso im Pferdestall von Trakls Vater

Offenbar etwas erschöpft betritt eine junge Touristin in schwarzem T-Shirt, weißen Jeans und weißen Turnschuhen mein Café. Sie betrachtet die Reihe orangefarbener Stühle vor den dunklen Tischen und dem langgestreckten Sofa, blickt auf mich, die weit geöffnete Flügeltür aus Glas, entscheidet sich jedoch für einen Platz draußen auf der Terrasse. Sie bestellt einen Espresso, zieht einen Stadtplan aus ihrem kleinen Rucksack und fährt mit ihrem Zeigefinger die Wege und Plätze nach. Sie scheint sich noch nicht für ihr nächstes Ziel entschieden zu haben, lehnt sich zurück, blickt auf die Gäste und hinüber zu Mozart, der als würdevolle Statue auf einem Marmorsockel in die Ferne schaut, das linke Bein leicht angewinkelt, in der rechten Hand eine Feder. Ob meine Besucherin weiß, dass dieses Denkmal in Anwesenheit der Söhne Mozarts eingeweiht wurde?

Ein Mann, etwa so alt wie sie, geht an den Tischen entlang, überlegt, welchen Platz er einnehmen soll. Als er die junge Touristin sieht, bleibt er überrascht stehen, geht dann zögernd auf sie zu, hält einen Augenblick inne, eilt schließlich entschlossen an ihren Tisch. Staunen breitet sich auf ihrem schmalen Gesicht mit den dunklen, fast schwarzen Augen aus. Da lächelt er sie an.

»Wir kennen uns doch?« Seine sanfte Stimme verrät Unsicherheit und Hoffnung zugleich.

Sie betrachtet seine dunklen Haare mit bereits ersten grauen Strähnen, seine hellen, wachen Augen.

»Ich darf doch?«, fragt er leise und greift behutsam nach dem zweiten Stuhl an ihrem Tisch.

Jetzt lächelt auch sie, streift verlegen ihr halblanges, braunes Haar zurück.

»Zehn Jahre?«, überlegt er laut. »Oder sind es mehr?«

Einige Gäste verlassen das Café, drängeln an meiner Tür. Ich muss warten, bis ich die beiden wieder sehen kann.

Die junge Touristin blickt ihn prüfend an. Sucht sie in seinem Gesicht die vergangenen Jahre?

Er bestellt beim Ober ein Tonic Wasser, fragt, ob sie auch eines möchte. Sie nickt.

»Was machst du in Salzburg?«, fragt sie verwirrt und leise.

»Ich muss im Literaturarchiv einiges recherchieren. Du erinnerst dich, dass ich an der Uni eine Arbeit über Georg Trakl schrieb. Immer wieder stoße ich auf ihn. Im nächsten Semester möchte ich ein Trakl-Seminar anbieten.«

Nach kurzem Zögern bemerkt sie, dass ihr Cousin, der Musik studierte, ein Gedicht von Trakl vertont hatte. »Welches?«

»*Grodek,* das die Erinnerung an eine Schlacht im Krieg wachhalten sollte.«

Nun schweigen sie wieder.

Dann erzählt er ihr, dass Trakl hier im Café Glockenspiel aufgewachsen ist, dieses Haus früher ein Pferdestall war, den Trakls Vater kaufte und darin einen

Eisenhandel begann. Dass das Café, das später gegründet wurde, eine wechselvolle Geschichte erlebte, bis es 2015 nach großen Problemen wieder öffnen konnte.

»Ich kenne mich besser in der Kunstgeschichte aus«, erwidert sie, »und ebenso in der Archäologie. Ich arbeite übrigens in einem Reisebüro«, fügt sie hinzu. »Reisen war ja immer mein Traum. Jetzt habe ich ein paar Tage frei, da wollte ich wieder einmal durch Salzburg bummeln, eine Aufführung im Landestheater anschauen, Kaffeehäuser besuchen.«

Nun reden sie über gemeinsam verbrachte Urlaube. Stecken die Köpfe zusammen, flüstern, lachen plötzlich laut auf. Die ursprüngliche Vertrautheit scheint wiedergefunden zu sein.

»Das war an der Costa Brava«, sagt sie und fängt wieder an zu lachen. »Du hattest einen Campingurlaub vorgeschlagen, hattest jedoch nur eine Luftmatratze eingepackt! Nach zwei Nächten suchten wir ein Hostel.«

Immer neue Einzelheiten dieser Ferien fallen ihnen ein.

»Eigentlich verbrachten wir eine schöne Zeit miteinander. Aber dann bekamst du Angst vor so viel Nähe. Und jetzt? Bist du verheiratet? Hast du Kinder?«

»Nein«, antwortet sie. Nur dieses eine Wort. Nach einer Weile stellt sie ihm dieselbe Frage.

»Geschieden. Keine Kinder.«

Sie schweigen eine Weile, dann beginnen sie rasch zu sprechen, unterbrechen einander, immer schneller tauschen sie ihre Erlebnisse und Erfahrungen aus. Die getrennt verbrachten Jahre werden im Eiltempo zurückgeholt.

Der Ober bringt noch einen Kaffee. Sie trinken einen Schluck. Setzen ihre Tassen ab.

»Und jetzt?«, fragt er ratlos, doch es schwingt Hoffnung in seiner Stimme. Sie zuckt mit den Schultern. Dreht ihre Kaffeetasse hin und her.

Als sie gemeinsam die Terrasse verlassen, legt er den Arm um sie.

Confiteria Torres - Santiago de Chile

Torten, Fluchtgedanken und Carabineros

Diese beiden, die wie immer rasch an der langen Theke mit den zahlreichen Getränken, den hohen Blumenvasen und roten Barhockern vorbeigehen, nehmen heute wieder an dem kleinen runden Tisch in der Ecke, mit Blick auf die Straße, Platz. Ich schaue direkt auf sie hinab, ich, der große Spiegel in einem üppig verzierten Rahmen. Ich bin stolz, Teil der Einrichtung in diesem Café zu sein, denn die Confiteria Torres ist eines der schönsten Kaffeehäuser Chiles und es gibt sie schon seit 1879. Natürlich importierte der frühere Besitzer die berühmten Thonetstühle, die um 1900 in allen Kaffeehäusern standen.

Sie kommen regelmäßig hierher. Zwei junge Frauen, offenbar seit Jahren befreundet. Ich kenne inzwischen ihre Namen. Lucía, die größere, wechselt häufig die Frisur. Heute trägt sie ihre dunklen Haare offen. Auffallend sind ihre makellosen, blendend weißen Zähne. Der leuchtend rote Lippenstift bringt sie noch mehr zur Geltung. Marias schwarze lockige Haare sind kurz geschnitten. Sie schminkt sich nicht. Trägt auch nicht so tief ausgeschnittene Blusen und Kleider wie Lucía. Einmal, als sie kam, war sie wohl hingefallen oder hatte sich gestoßen, denn ihre rechte Schläfe war blaurot verfärbt. Damals trank sie nur eine Tasse Kaffee, wählte kein großes Stück Torte aus der Kuchenvitrine, was sie sonst immer mit großer Freude und langer Überlegung tut. Lucía stellte damals viele Fragen, sprach sehr schnell und aufgebracht, sodass ich kaum etwas verstand, nur Wörter wie Anwalt oder Polizei. Maria entgegnete nichts. Vielleicht wollte sie sich auch gar nicht äußern. Sie hatte damals nur hin und wieder genickt, auf die Fotos der vielen Generäle an den gelben Wänden geblickt. Hatte sie überhaupt zugehört?

Auch heute spricht Maria wenig.

Jetzt bestellen die beiden einen großen Milchkaffee.

»Ich möchte fort, weit fort.« Fest entschlossen spricht Maria plötzlich diese Worte aus. Blickt ihre Freundin abwartend an. Dann bricht Verzweiflung aus ihr heraus. Jetzt, nach der Scheidung, verfolge er sie, drohe wieder mit Schlägen. Sie sackt in sich zusammen. Wiederholt ihre Worte, dass sie fort möchte. Spricht jetzt leise und sicher.

Ich erinnere mich. Einmal besuchte sie mit einem großen, kräftigen Mann, wesentlich älter als sie, das Torres. Ohne sie zu fragen, ging er auf einen der Tische in der Mitte des Raumes zu, bestellte zwei kleine Kaffee mit etwas Milch. Sie saßen nebeneinander, wortlos. Maria wirkte damals verschüchtert, hilflos fast. Ich nehme an, dass dieser Mann ihr Ehemann war.

Lucía blickt ihre Freundin fassungslos an. »Seit wann?«, fragt sie schließlich nach längerem Schweigen.

In sich zusammengesunken auf ihrem Platz flüstert Maria noch einmal, dass sie fort möchte.

Der Ober kommt an ihren Tisch. Lächelt die beiden an. Er kennt sie seit Langem. Jetzt blickt er besorgt und fragend zu Maria. Sie scheint ihn gar nicht zu bemerken. Lucía bestellt noch zwei Kaffee.

Allmählich betreten mehr Gäste meine Confiteria. Meist Touristen, aber auch noch Vertreter der wohlhabenden Gesellschaft Santiagos. Es sind meist ältere Damen in farbenfrohen, enganliegenden Kleidern, manch eine trägt rückenfrei. Die Herren kommen immer im dunklen Anzug, weißen Hemd und mit Krawatte.

»Lass uns wenigstens ein paar Tage wegfahren!«, höre ich Maria sagen. Flehend blickt sie ihre Freundin an. Doch Lucía schweigt. Sucht vielleicht nach einer Lösung.

Sie bemerken nicht, wie die Tür heftig aufgestoßen wird, ein großer, kräftiger Mann hereinstürmt, auf Maria zuspringt, sie am Nacken fassen will, doch da packt ihn der Ober am Arm, während der Geschäftsführer bereits telefoniert. Die Gäste springen erschreckt hoch. Zwei Carabiñeros rennen ins Café und überwältigen den Angreifer. Verängstigt drückt sich Maria in die Ecke, bedeckt schützend ihren Kopf mit beiden Händen. Da beugt sich Lucía zu ihr vor, flüstert ihr etwas ins Ohr.

Kaffeehaus Riquet - Leipzig

Auch Elefanten lieben Cafés

Gehen Elefanten Kaffee trinken? Was für Gäste erwarten mich im Café Riquet?

Der Name geht zurück auf den Hugenotten Jean George Riquet, dessen Familie im 17. Jahrhundert vor der Verfolgung Andersgläubiger von Frankreich nach Deutschland floh. 1745 gründete er in Leipzig ein »Colonial-Grosso-Geschäft« und importierte Kaffee, Tee sowie Gewürze. Nach seinem Tod führte zunächst sein Neffe das Geschäft weiter, dann dessen Teilhaber, der nun mit Kakao, Gebäck und Waren aus Japan und China handelte. 1908/09 wurde ein Geschäftshaus errichtet, bei dessen Bau der Architekt die Beziehungen zu Ostasien mit einbezog. So ziert das Kaffeehaus ein Dachtürmchen ganz im Stil chinesischer Gebäude. Elefanten machten schon vor der Eingangstür Halt. Ihre lebensgroßen Köpfe aus Kupfer allerdings, rechts und links des Portals, begrüßen die Besucher. Gesims und Pfeiler wurden damals beim Bau des Hauses mit farbigen Jugendstil-Mosaiken verziert. Seit 1996 befindet sich in diesem Gebäude das Kaffeehaus Riquet.

Ich setze mich auf einen der bequemen Sessel gegenüber der Kuchenvitrine und lese aufmerksam die Getränkekarte. Das Kaffeeangebot reicht vom Elefantenkaffee – so heißt die Hausmarke in Anspielung auf die Elefantenköpfe – über den Einspänner bis zum Pharisäer. Ich entscheide mich für den Einspänner und werde sofort an Wien erinnert. Auch die Einrichtung erinnert daran: kleine Tische, eine reichhaltige Kuchenvitrine, Kugellampen und hohe Glastüren. Ganz bewusst hat man versucht, die Atmosphäre eines Wiener Kaffeehauses zu schaffen. Ob die dreißig Cafés, die es einst in Leipzig gab – und von denen keines mehr existiert – alle diesen Zauber Wiens hatten? Zu meiner Überraschung entdecke ich in der Kuchenvitrine eine typische Leipziger Spezialität: die Leipziger Lerche.

Im 18. Jahrhundert war es noch üblich, nicht nur Rehe oder Hasen zu jagen, sondern auch Vögel. Vor allem die Feldlerche galt als besondere Spezialität. Den Gästen wurde sie mit Eiern und verschiedenen Kräutern gebacken serviert. Die Tierfreunde konnten jedoch 1876 ein Verbot der Vogeljagd bewirken. Daraufhin kam den Leipziger Bäckern ein genialer Gedanke. Sie kreierten ein Gebäck aus Mürbeteig, Mandeln, Nüssen und Erdbeerkonfitüre in der Form eines Vogels, das sich noch heute in jeder Konditorei findet.

Erstaunt stelle ich nach einer gewissen Zeit fest, dass sich hinter dem Namen Kaffeehaus Riquet zwei Einrichtungen verbergen, einmal das Stadtcafé mit seinem denkmalgeschützten Innenraum, in dem ich gerade meinen Einspänner trinke, und das Wiener Café, das sehr viel einfacher gestaltet ist.

Einem Flyer entnehme ich, dass im Riquet, wie an vielen anderen Orten in der Stadt, während der Buchmesse Lesungen stattfinden. Die gemütliche Atmosphäre hier wird von den Autoren sehr geschätzt.

Ein berühmter Autor, nämlich Goethe, schätzte das Riquet ebenfalls sehr. Zwar gab es damals, als er in Leipzig studierte, noch nicht das Kaffeehaus, jedoch die köstliche Schokolade von Riquet, und Goethe wurde einer seiner Stammkunden. Außerdem schrieben sich die beiden viele Briefe – vielleicht über Schokolade und Torten?

Bei meiner Recherche über dieses Kaffeehaus erlebe ich eine große Überraschung. In Chile, in der einzigartigen Stadt Valparaiso, gab es ebenfalls ein Café Riquet.

»Café Riquet – Café y Restoran« – so stand es an einem hellen, schmucklosen Gebäude, das 1860, in der Blütezeit Valparaisos, auf der Plaza Aníbal Pinto errichtet wurde. 1931 hatte der Deutsche Guillermo Spratz, der nach Chile ausgewandert war, dieses Café gegründet. Vor der Fassade standen einfache Holzstühle an runden Tischen, bereit für Gäste. Der Innenraum war ebenfalls schlicht gestaltet. Nur wenige Bilder schmückten die Wände. Deckenleuchten vermittelten jedoch eine gewisse Wärme. Helle viereckige Tische und braune Sessel reihten sich hintereinander. Vor allem deutsche und britische Familien besuchten das Café, das zu einem europäischen Symbol wurde. Auch Schriftsteller, Maler und Musiker trafen sich hier. Zu den berühmten Gästen zählten Pablo Neruda und Salvador Allende. Die in Weiß gekleideten Ober servierten Tee in Sieben aus Alpacafasern. Die Teekanne wurde auf den Tisch gestellt, damit sich die Gäste, so oft wie sie es wünschten, einschenken konnten. Dazu gab es Kuchen und Torten, auch die Schwarzwälder Kirschtorte.

Zum großen Bedauern der Bewohner Valparaisos musste dieses so überaus beliebte, traditionsreiche Café 2007 nach 76 Jahren schließen. Der Betreiber war völlig verschuldet, sein Vermögen wurde konfisziert. Das Bistum Valparaisos, Besitzer des Gebäudes, verkaufte es an ein Immobilienunternehmen.

Nach intensiven Restaurierungsarbeiten wurde das Gebäude 2010 wiedereröffnet. Das Café Riquet existiert jedoch nicht mehr. Eine Apotheke hat jetzt darin Einzug gehalten. Es gibt nur noch einen kleinen Nebenraum, in dem man Tee trinken kann.

Café Hawelka – Wien

Buchteln erst ab 22 Uhr

Der Herr, der jetzt das Café betritt, ist kein Unbekannter. Stets trägt er ein schwarzes Spitzenhemd und schwarze Jeans. Seine dichten weißen Haare bilden einen starken Kontrast zu den dunklen buschigen Augenbrauen. Tiefe Falten ziehen sich von der schmalen, geraden Nase zum Mund. Mit leichten federnden Schritten geht er rasch zu seinem Stammplatz, dem kleinen eckigen Marmortisch an meiner Wand, mit zwei Thonetstühlen davor.

Die Inneneinrichtung des Café Hawelka wurde von einem Schüler des Jugendstilarchitekten Adolf Loos entworfen – und bis heute beibehalten: Kleine Marmortische, Thonetstühle und Garderobenständer, dunkelrot und beige gestreifte Sofas, von der Decke herabhängende Kugellampen, deren sanftes Licht Behaglichkeit verbreitet. Der Holzfußboden, die getäfelte Decke im hinteren Teil des Cafés und auch das Ofenrohr vermitteln Wohnlichkeit. Viele Fotos, Zeichnungen und Bilder schmücken die Wände. Über den Bildern sind kleine Lampen angebracht, wovon ich eine bin. Das Bild, das ich beleuchte, kenne ich seit vielen Jahren. Deshalb blicke ich immer neugierig auf die Besucher, die an meinem Tisch Platz nehmen.

Heute hat der große, schlanke, weißhaarige Herr, ein nicht nur in Wien bekannter Maler, ein Tablet dabei, das er sofort auf den Tisch legt und öffnet. Ich erkenne ein ganz in Rot gemaltes Bild. Wenn im Hawelka an einer bestimmten Wand Poster auf Konzerte, Lesungen oder Ausstellungen hinweisen, dann steht immer auch sein Name dabei. Heute wird er bereits von seinem Freund erwartet, den ich ebenfalls hier oft gesehen habe. Er ist mittelgroß, kräftig, mit einem nicht zu übersehenden Bauchansatz. Er lacht oft, spricht viel, wobei er seine Worte mit lebhaften Gesten unterstreicht. Jetzt allerdings blickt er konzentriert auf die Bilder.

Immer schon war das Hawelka ein Künstlercafé. Schriftsteller wie Heimito von Doderer, Hilde Spiel oder H.C. Artmann kamen hierher, ebenso der Kabarettist Helmut Qualtinger, die Maler Friedensreich Hundertwasser und Ernst Fuchs. Es war auch Treffpunkt der Architekten, Journalisten und Politiker. In meinem Café steht kein Billardtisch, gibt es keine Vorhänge, keine hohen Spiegel, keine Kristalllüster. Das Hawelka, von Leopold Hawelka und seiner Frau Josefine 1939 gegründet und nach ihren Namen benannt, wurde nie renoviert. Leopold Hawelka meinte, dass durch Modernisierung ein Café nicht besser werde. Als die Espresso-Bars in Mode kamen, war der Kauf einer Espressomaschine sein einziges Zugeständnis an die Moderne. Es ist genau diese Beibehaltung der Tradition, welche die Besucher anzog und auch heute noch anzieht. Ein wichtiger Teil dieser Tradition waren die Buchteln (ein Hefegebäck mit Marmelade gefüllt), die, von Frau Hawelka gebacken, pünktlich um 22 Uhr von ihr serviert wurden.

Nach dem Tod von Leopold und Josefine Hawelka übernahm ihr Sohn Günther das Café, das jetzt seine Söhne Amir und Michael weiterführen, ganz im Sinne der Eltern und Großeltern. Sie wissen, wie wichtig die Atmosphäre eines Cafés ist, wozu Ruhe und ein freundlicher Ober gehören. Wie in allen Wiener Kaffeehäusern darf hier der Gast zwei bis drei Stunden bei nur einer Tasse Kaffee weilen, Zeitung lesen, denken, schreiben. Inzwischen ist das Hawelka ein fester Besichtigungspunkt im Programm der Touristengruppen – wodurch die Atmosphäre, wie ich zugeben muss, nachgelassen hat.

Die beiden Herren an meinem Tisch diskutieren inzwischen heftig über das Bild in Rot, abgestuft in verschiedenen Rottönen. In wenigen Tagen sollen die Werke des Malers in einer großen Ausstellung dem Publikum gezeigt werden. Nachdem er längere Zeit keine Bilder vorgestellt hatte, dürfte die Erwartung der Besucher ziemlich hoch sein. Der Maler und sein Freund sind sich nicht einig, wo in dem Ausstellungsraum das Bild hängen soll. Entweder in der Mitte einer Reihe von Bildern oder allein auf der Wand gegenüber vom Eingang. Der Freund möchte, dass es in der Mitte einer Reihe von Bildern hängt. Der Maler beharrt auf dem Platz an der Wand gegenüber dem Eingang. Sehr diskret bringt der Ober eine weitere Melange. Mir kommt es so vor, als ob er die beiden beruhigen wollte. Er bleibt lange stehen und betrachtet das Bild. An der Wand, erklärt er, wäre es besonders auffallend, in der Mitte der anderen Bilder würde es aber auch hervorstechen. Er meine nur, es sei bloß ein Vorschlag, fügt er hinzu und zieht sich mit einer angedeuteten Verbeugung zurück.

»Wir entscheiden das morgen, vor Ort«, erklärt der Freund laut und bestimmt. Und schon sprechen sie in Ruhe über die Gäste, die zur Vernissage eingeladen wurden, über die Kritiker, über eventuelle Käufer.

Im Café Hawelka hat ein Bild des Malers schon seit einiger Zeit seinen festen Platz gefunden.

Caffè Florian – Venedig

Ein Frauenverehrer im ältesten Café Italiens

Eine neue Begleiterin? Wer sie wohl ist?

Diese junge Dame kenne ich nicht. Und der Padrone hatte schon viele attraktive Frauen hierhergeführt, zu mir, ins Caffè Florian, ein berühmtes Kaffeehaus in Venedig auf dem Markusplatz. Die Innenräume sind mit zahlreichen Dekors und Gemälden geschmückt. Ich bin eines davon. Mein Platz ist an der Decke. Von dort sehe ich viel, erfahre viel.

Signor Tommaso, wie er meist genannt wird, ist sehr groß, sehr schlank, etwa sechzig Jahre alt. Wie immer trägt er einen maßgeschneiderten Seidenanzug, heute einen dunkelblauen. Seine Begleiterin, etwa halb so alt wie er, hat ein petrolfarbenes, langes Sommerkleid gewählt. Den Florentinerhut hält sie lässig in der rechten Hand. Ihre blonden Haare hat sie hochgesteckt, ein paar Locken fallen über den Nacken. Die fein geschwungenen Brauen betonen ihre blauen Augen. Ein zart aufgetragener rot-orangefarbener Lippenstift betont ihren Mund. Noch stehen sie nahe dem Eingang, blicken auf die Wandgemälde, die kleinen weißen, ovalen Marmortische, die Stühle, die rote Bank – jetzt verlassen sie mich. Offenbar zeigt er ihr die anderen Räume, von denen es sehr unterschiedliche gibt, wie den chinesischen oder den griechischen. Etwas länger wird sich der Padrone sicher in der Sala delle stagioni aufhalten, denn dort verkörpern vier Frauengestalten die Jahreszeiten – und Signor Tommaso liebt die Frauen.

Weitere Gäste betreten das Caffè, zögern mit der Wahl ihres Platzes. Der Padrone und seine Begleiterin kehren zurück. Er hat den Arm leicht um ihre Schulter gelegt. Sie setzen sich nebeneinander auf die rote Bank, rücken den Tisch etwas weiter von sich weg, die junge Dame legt ihren Sonnenhut auf den Barocksessel vor ihnen. Der Ober bringt zwei Bellini.

Signor Tommaso besitzt in Venedig ein renommiertes Hotel. Aus seinen Gesprächen mit Besuchern und Geschäftspartnern habe ich erfahren, dass er die Abende stets gemeinsam mit seiner Familie und auserwählten Gästen in der Halle seines Hotels verbringt. Diese junge Dame hat sicher auch ihren Platz an seinem Tisch, zusammen mit seiner Frau, seinen zwei Töchtern, dem Schwager, der Cousine – ich habe sie alle kennengelernt, wenn sie hier an die Theke zum Aperitif oder zum raschen Espresso kamen.

Draußen auf der Bühne vor dem Caffè spielen die Musiker in ihren schwarzen Anzügen nun Strauß-Melodien. Wenn sie ihr Programm beendet haben, findet die Fortsetzung im Caffè Quadri auf der gegenüberliegenden Seite statt.

Der Padrone redet intensiv auf die junge Dame ein. Mal laut, mal etwas leiser, dann flüstert er fast und beugt sich dabei weit zu ihr vor, nimmt ihre Hand. Blickt sie lange an. Seine üblichen Gesten. Ich kenne sie. Diese junge Dame hört zwar aufmerksam zu, doch sie scheint sich dabei zu amüsieren. Ja, ich habe den

Eindruck, sie flirtet mit ihm, allerdings auf Distanz. Nun erzählt er ihr, was Frauen besonders lieben. Sie lacht laut auf. Jetzt hat er einen sehr ernsthaften Blick gewählt, was sie nicht besonders zu beeindrucken scheint. Sehr gelassen betrachtet sie seine glatten, geölten schwarzen Haare, die kleinen dunklen Augen, den schmalen Mund, aus dem, wenn er lacht, nicht nur ein Goldzahn blinkt. Er lehnt sich zurück, blickt hinauf zu mir, schlägt auf die Armlehne des Barockstuhls, beugt sich dann wieder vor zu ihr, spricht intensiv auf sie ein. Hört sie ihm noch zu?

Plötzlich zieht sie aus ihrer großen, weißen Tasche einen Schreibblock hervor, macht sich Notizen. Verunsichert blickt er auf den Block. Ich höre, wie sie ihm erklärt, dass sie im Auftrag einer Zeitschrift einen Bericht über die Cafés am Markusplatz schreiben solle.

»Erzählen Sie mir etwas über das Florian«, fordert sie ihn auf. »Sie kommen natürlich auch in diesem Bericht vor«, fügt sie lächelnd hinzu, »und zwar nicht nur als Hotelier, sondern als charmanter Gesprächspartner und jetzt auch ein bisschen als Cicerone.«

Signor Tommaso scheint sehr überrascht zu sein. Wahrscheinlich hatte er nicht damit gerechnet, dass die junge Dame mehr an der Historie des Florian als an Frauengeschichten interessiert ist. Er zögert.

»Der Artikel wird eine gute Werbung für Ihr Hotel sein, selbst wenn Sie das nicht mehr nötig haben!«

»Also«, – bemerkt er, ruft allerdings, ehe er beginnt, den Ober.

Er lehnt sich zurück, faltet die Hände und erklärt,

nicht ohne einen gewissen Stolz, dass das Florian das älteste Kaffeehaus Italiens sei, und das berühmteste. »Sicher«, fügt er hinzu, »da gibt es noch das Greco in Rom, das Gambrinus in Neapel, aber das hier, das Florian, das ist schon etwas Besonderes.«

»Wissen Sie, dass der Kaffee einst als eine Art Medizin betrachtet und nur in Apotheken verkauft wurde?«

Die junge Dame ist nicht überrascht und gesteht, dass sie jeden Morgen einen Espresso zum Aufwachen trinke, und dass er ja auch ein Digestivo sei.

Zufriedenes Lächeln zeigt, dass dem Padrone diese Bemerkung offensichtlich sehr gefallen hat. »Um 1720«, fährt er fort, »errichtete Floriano Francescani dieses Caffè, das damals jedoch nur ein Ausschank war. Er hatte zusätzlich Speisen und Alkohol angeboten und – auch Frauen durften kommen. Nach Florianos Tod übernahm sein Neffe das Caffè, dann dessen Sohn.«

Der Ober bringt zwei Prosecco. Ich höre ein leises »cin cin«.

Signor Tommaso schweigt. Die junge Dame greift wieder zu ihrem Stift, blickt erwartungsvoll zum Padrone.

»Sie wissen, dass Venetien lange Zeit von den Österreichern besetzt war? Hier im Florian trafen sich die italienischen Patrioten.«

»Von den Habsburgern haben die Italiener den Apfelstrudel kennengelernt.«

Diese Bemerkung ignoriert Signor Tommaso.

»Mitte des 19. Jahrhunderts wurde das Florian verkauft und vom neuen Besitzer völlig umgestaltet. Im Grunde hat es sich seitdem nicht mehr wesentlich verändert. Jetzt gehört es der Modedynastie Fendi.«

Beide schweigen. Leeren ihr Glas.

»Übrigens entstand hier im Florian die Idee einer Kunstausstellung, aus der dann die Biennale wurde. Initiator war damals, Ende des 19. Jahrhunderts, der Bürgermeister zusammen mit seinen Freunden.«

»Das wusste ich nicht«, antwortet die junge Dame überrascht und erfreut, steckt nach einigen Ergänzungen Schreibblock und Kugelschreiber wieder in die große Tasche.

»Bis heute Abend«, sagt Signor Tommaso mit seinem charmantesten Lächeln, als die beiden aufstehen und mein Caffè verlassen.

Antico Caffè Greco - Rom

Der König zwischen Tischbein und Schopenhauer

»Ihr Blondköpfe! – Ihr Blauaugen! Kann denn euer im ewigen Winterfrost erstarrtes Blut wohl auftauen … in der Glut eines Liebesliedes?«[1]

So lässt E.T.A. Hoffmann eine Figur in der Erzählung *Brambilla* zu den deutschen Künstlern sprechen, die sich regelmäßig im Caffè Greco treffen und den Sinn des italienischen Karnevals nicht verstehen.

Dieses Antico Caffè Greco in der Via Condotti ist eines der ältesten Kaffeehäuser Europas. Nahe der Spanischen Treppe, heute eingerahmt von den elegantesten und teuersten Modegeschäften wie Prada oder Gucci, hatte es der Grieche Nicola della Maddalena um 1760 mit nur einem Raum gegründet. Die Besucher des Gasthauses gegenüber tranken nach dem Essen noch rasch einen Espresso beim Griechen. So hatte er nach kurzer Zeit viele Kunden gewonnen. Bald verfügte das Caffè über mehrere Räume und hieß Caffè zum Griechen. Heute sagt man einfach »Das Greco«, in dem die Ober Speisen und Getränke im Frack servieren.

Der Gast betritt ein elegantes Caffè, in dem zwar an der Bar am Eingang ein ziemliches Gedränge vor den bunten Kuchen und Törtchen herrscht. Geht man jedoch den schmalen, langen Gang entlang, vorbei an kleinen roten, grünen und schwarzen Marmortischen, vorbei an roten Samtstühlen, dann kann man in den hinteren Räumlichkeiten in Ruhe seinen Espresso, Cappuccino oder Campari trinken. Oder eine Flasche Sekt bestellen, zu der es eine mit verschiedensten kleinen Köstlichkeiten üppig gefüllte Etagère gibt. Hier schaffen rote Samtsofas und rote Stofftapeten eine nahezu festliche Atmosphäre, die den Genuss erhöht.

Im 18. Jahrhundert war das Greco Treffpunkt der Künstler, der Intellektuellen, der Politiker. Es war gleichzeitig Ausstellungs- und Verkaufsraum für die Rombesucher, die ein Souvenir mit nach Hause nehmen wollten. Um 1780 entstand die deutsche Künstlerkolonie. Hier trafen sich Winckelmann, Moritz von Schwind und Tischbein, auch Mendelssohn, Liszt, Schopenhauer, und auch König Ludwig I. von Bayern war häufiger Gast. Die Künstler tauschten hier Ideen aus, diskutierten, sprachen über neue Werke. In der ungezwungenen Atmosphäre entstanden Freundschaften. Häufiger Gast war Goethe, der damals zunächst unter dem Pseudonym Philipp Möller reiste und sich als Maler ausgab, um unerkannt und ungestört arbeiten zu können. Vielleicht saß er an einem der Marmortische und schrieb an seiner *Iphigenie*. Oft traf er sich mit der Schweizer Malerin Angelica Kaufmann. Halbe Tage verbrachten die beiden mit Gesprächen über Kunst und dem Ansehen von Kunstwerken. »Sie ist eine treffliche, zarte, kluge, gute Frau, meine beste Bekanntschaft hier in Rom«, schrieb Goethe in einem Brief an Charlotte von Stein.[2] Eines war allen Deutschen gemeinsam: Sie betrachteten das Greco als Poststation, ließen sich Briefe hierherschicken und lasen in diesem Café deutsche Zeitungen.

Es gab nicht nur die deutsche Künstlerkolonie. Ins Greco kamen Goldoni, Rossini, Shelley oder Lord Byron, Gogol und Mark Twain. Außerdem war das Café auch Treffpunkt der Künstlergruppe der Nazarener, die neue Wege in der Kunst suchten.

Das Antico Caffè Greco, von außen eher bescheiden im Vergleich etwa zum palastartigen Pedrocchi in Padua, ist schon allein durch die Vielzahl von Gemälden, die dicht nebeneinander und übereinander hängen, sehenswert. Hinzu kommen Zeichnungen, Skulpturen, und Autografen, wodurch das Café auch als private Galerie zu betrachten ist. Der österreichische Maler Ludwig Passini hatte 1856 in seinem Gemälde *Künstler im Café Greco* in Rom mit großer Genauigkeit die Personen, die hier Stammgäste waren, porträtiert. Den Innenraum gab er ebenfalls sehr genau wieder.

Selbst wenn es heute nicht mehr Treffpunkt von Berühmtheiten ist, bleibt ein Besuch im Antico Caffè Greco auch in unserer Zeit noch ein ganz besonderes Erlebnis.

Und was meinte Goethe zum Karneval? Er stellte fest »… dass das Römische Karneval einem fremden Zuschauer, der es zum ersten Mal sieht, weder einen ganzen noch einen erfreulichen Eindruck gebe, weder das Auge sonderlich ergötze, noch das Gemüt befriedige.«[3]

Café Tomaselli - Salzburg

Vom Hoftenor zum Zuckerbäcker

Heute ist sie sehr elegant gekleidet. Sie trägt ein dunkles Kostüm, am Revers eine große grüne, in Gold gefasste Brosche. Den Ringfinger der linken Hand schmücken zwei Eheringe übereinander, den rechten ziert ein großer Smaragdring. Um ihren Hals schmiegt sich ein heller Seidenschal mit kleinen grünen Punkten. Dezente Schminke betont die blaugrünen Augen, die schmalen Brauen und den weichen Mund. Sicher ließ sie ihre graublonden Haare vor dem Besuch hier vom Friseur zu einem kunstvollen Knoten richten.

Da sie heute wieder ihren Stammplatz in der Fensternische gewählt hat, kann ich, der hohe, schmale Garderobenständer davor, sie gut betrachten und freue mich über ihr gepflegtes Aussehen. Schon seit Tagen ist Salzburg in warmes Sonnenlicht getaucht, weshalb meine Dame weder einen leichten Sommermantel noch eine Jacke mir anvertraut hat, und ich nicht den erfrischenden Duft ihres Parfüms genießen kann. Jetzt überprüft sie ihr Aussehen in einem kleinen Spiegel, zupft einige Strähnen in die hohe Stirn und steckt ihn wieder zurück in die große Tasche, die sie in Mailand gekauft hat. Das habe ich in einem Gespräch mit ihren Freundinnen erfahren, die sie regelmäßig hier trifft.

Strahlendes Lächeln breitet sich auf ihrem Gesicht aus, als ein weißhaariger Herr das Café betritt, den ich gut kenne. Immer bewundere ich seine maßgeschneiderten Anzüge. Mit galanter Geste reicht er ihr einen Strauß roter und rosa Rosen und küsst sie leicht auf die Wange.

»Ich gratuliere dir zu deinem besonderen Geburtstag. Du siehst wunderbar aus!«

In diesem Augenblick kommt der Ober an den Tisch der beiden, verbeugt sich leicht, fragt, ob auch er gratulieren darf und erkundigt sich nach ihren Wünschen. Er nickt verständnisvoll, bringt kurz darauf eine Flasche Champagner und zwei Gläser, schenkt ein. Der Herr blickt seine Bekannte fragend an.

»Ja«, sagt sie lächelnd, »ich fahre morgen mit dir nach Mailand. Ich habe schon gepackt und freue mich sehr über dieses wunderbare Geschenk.«

»Dann verrate ich dir etwas: Zwei Karten für einen Besuch in der Scala liegen zur Abholung für Mozarts Oper »Così fan tutte« bereit.«

Offenbar kennen die beiden die Geschichte meines Cafés und seine Verbindung zu Mailand und Mozart. Giuseppe Tomaselli, der Vater des Zuckerbäckers Carl Tomaselli, der 1852 dieses Café erwarb, war Hoftenor. Seine Gesangsausbildung hatte er in Mailand erhalten. Als 23-Jähriger bekam er eine Anstellung in der Hofkapelle des Fürstbischofs von Salzburg Hieronymus von Collorado. In dieser Zeit lernte er die Familie Mozart kennen. Sie musizierten gemeinsam, besuchten zusammen Theatervorstellungen und spielten selbst Theater. Im Jahr 1800 heiratete er in zweiter Ehe und bekam drei Kinder. Später lebte er als Kammersänger am Hof von Kaiser Franz I. in Wien, bis er 1833 zu seiner Familie nach Salzburg zurückkehrte.

Das Café Tomaselli, inzwischen denkmalgeschützt, ist das älteste in Salzburg. Seine Ursprünge gehen auf das Jahr 1700 zurück, als Johann Fontaine einen Kaffeeausschank eröffnete, der von Studenten gern besucht wurde. 1764 erwarb Anton Staiger, Hofmeister von Fürstbischof Sigismund III. Christoph Graf Schrattenbach, dieses Café, das er »Staiger« nannte. Es wurde bald Treffpunkt der gehobenen Gesellschaft. Mozart und Michael Haydn waren häufige Gäste. Das Staiger übernahm nach dem Tod Anton Staigers sein Sohn Franz Anton, dann sein Enkel Josef, der es 1819 verpachtete. Jahre später wurde es an den Zuckerbäcker Carl Tomaselli, den Sohn Giuseppes, verkauft. Nun kam ein Billardzimmer hinzu, dann ein Kiosk. 1937/38 wurde die Terrasse gebaut, die von den Touristen heute sehr gern genutzt wird.

Inzwischen hat der Ober den beiden einen Teller mit bunten Snacks gebracht und schenkt Champagner nach. Die beiden haben sich viel zu erzählen. Ihr Tonfall und ihre Gestik drücken große Vertrautheit aus. Jetzt sprechen sie über ihre Reisen, ihre Konzert- und Theaterbesuche. Offenbar fahren sie immer wieder nach Wien, denn jetzt schwärmen sie von den Neujahrskonzerten.

Die Inneneinrichtung des Tomaselli wurde im Laufe der Jahre kaum verändert. Breite hohe, dunkelbraune Säulen entsprechen den braunen Wänden, den braunen Stühlen mit hellen, geflochtenen Lehnen. Der

Zeitungsständer ist dicht bestückt mit Journalen aus dem In- und Ausland. Zarte, weiße Vorhänge an den hohen Fenstern vermitteln ein Gefühl von Behaglichkeit. Eine Treppe führt hinauf in den ersten Stock zu dem breiten, blumengeschmückten Balkon mit grün-weißen Sonnenschirmen.

Ich freue mich, Teil der Einrichtung in einem so berühmten Kaffeehaus zu sein. Inzwischen wird es vor allem von Touristen besucht, aber auch Schauspieler, Musiker und Journalisten trinken hier ihre Melange, einen Espresso oder ein Glas Wein.

Confetteria Knulp – Triest
Ein Vagabund tanzt Tango

Auf meinem Weg hinab vom Arco Ricardo erreiche ich die Via Cavana und stoße dann eher durch Zufall in der Via della Madonna del Mare auf das Knulp. Was für ein Name! Ein Knulp in Triest? Neugierig öffne ich die Tür und sehe sofort, dass das Knulp keineswegs nur ein Caffè ist. Gleich im Eingangsbereich ist auf weißer Wand geschrieben, welche Möglichkeiten sich dem Gast hier bieten:

Speisen und Getränke, Ausstellungen und Filme, Livemusik, Events, Bücherkauf, Lektüre, Buchaustausch, Buchverbleib, Fax, Scanner, Kopierer, Computer, kostenloses WLAN.

Beeindruckt von der Vielfalt dieser Angebote gehe ich den Gang entlang, betrachte die Bilder über der Theke, die hellen Holzstühle davor, und betrete einen Raum, in dem ich mich sofort sehr wohl fühle.

Ich wähle den Tisch vor der roten Wand, werfe noch einen Blick auf die dunklen Regale – und bestelle einen Cappuccino. Aufmerksam lese ich Zitate an den Wänden, betrachte die vielen Bilder der gegenwärtigen Ausstellung. Vor der roten Stellwand, die den Raum teilt, steht ein schwarzes Klavier. Hier treten regelmäßig verschiedene Bands auf, seit Jahren finden Jazzkonzerte statt. Zum Aperitif gibt es Tangomusik, die begeisterte Tänzer auf die kleine Bühne lockt. Etwas verwundert betrachte ich die fantasievoll bekleideten Schneiderpuppen und bunten Kleider auf den dicht aneinandergehängten Bügeln. Woher kommt der Name Knulp?

Von einem Mitarbeiter erfahre ich, dass Hermann Hesse eine Erzählung mit diesem Titel schrieb, und er zeigt mir gleich dieses Buch. Ich durchblättere die Seiten und beginne, die drei Geschichten, die sich unter dem Namen Knulp verbergen, zu lesen. Ich frage mich dann, wer auf die Idee kam, das Caffè so zu benennen und aus welchem Grund. Auch das weiß der junge Mann. Als das Lokal 1998 eröffnete, suchten die Inhaber einen Namen. Einer von ihnen hatte gerade diese Erzählung gelesen. Der Vagabund Knulp, ein junger Mann, liebt seine Freiheit, sein ungebundenes Leben. Mit seinen Späßen und seinem Kunstpfeifen unterhält er seine Mitmenschen, bringt sie oft zum Lachen. Er vermeidet Bindungen, zieht immer weiter. Manche beneiden ihn wegen seines offenbar sorglosen Lebens. Doch tief im Innern ist er ein anderer. Er betrachtet sein Leben als verfehlt, bereut sein Verhalten gegenüber einer Geliebten, mit der er einen Sohn hat. Vor seinem Tod trägt er alle diese Gedanken Gott vor. Doch dieser weist ihn darauf hin, wie viel Freude er den Menschen bereitet hat und zürnt ihm nicht. Allen Mitarbeitern gefiel die Person des Vagabunden, der immer auf Wanderschaft ist. Etwa so wie die Gäste des Caffès, die kommen und gehen und wieder kommen.

Das Knulp hat seit der Eröffnung viele Veränderungen erfahren. Es ist heute Caffetteria, Bar, Bibliothek und Internet-Treffpunkt. Doch der ursprüngliche

Gedanke des Vagabundierens gilt heute noch. Als das Caffè damals aufmachte, waren viele sehr skeptisch und glaubten, dass es in einer konservativen Stadt wie Triest bald wieder schließen werde, selbst wenn diese sich erneuern will. Doch diesem Caffè ist es gelungen, die Tradition alter Kaffeehäuser mit der Moderne zu verbinden. Knulp ist ein junges Caffè und erfolgreich als Literaturcaffè. Nicht nur wegen der Vielzahl von Lesungen, sondern auch wegen der Bibliothek. Hier findet man vor allem Bücher über Musik und Kino, neben Romanen, Biografien und Wörterbüchern – insgesamt über zweitausend Titel. Ins Knulp kommen vor allem Studenten, die diskutieren, das Internet nutzen, sich auf das Examen vorbereiten. Ein idealer Platz zum Lesen oder Schreiben bei leiser Musik. Die Bar bietet hausgemachte Kuchen und Salate sowie die verschiedensten Getränke. So besuchen manche Touristen diesen Ort der Ruhe, geeignet nach einem Rundgang durch die Altstadt.

Coselpalais Grand Café und Restaurant Dresden

Meißner Porzellan im Kavaliersflügel

Mit raschen Schritten betritt ein Mann, etwa dreißig Jahre alt, einige Bücher in der Hand, mein Café. Er gehört nicht zu jenen Gästen, die mit ernster Miene überlegen, an welchem Tisch sie Platz nehmen sollen. Die darauf achten, wegen eventueller Zugluft nicht zu nahe am Fenster zu sitzen, natürlich nicht in Nähe der Toilettentür, aber auch nicht direkt am Eingang, weil dort ein ständiges Kommen und Gehen herrscht. Dieser nicht sehr große, schlanke, blondhaarige Mann setzt sich an einen der eckigen Tische an der Wand und hat so einen Blick über den ganzen Innenraum des Cafés.

Ich stehe genau gegenüber dem Eingang auf einem Regal, etwas erhöht vor der quergestellten Tischreihe. Immer wieder bleiben Besucher bei mir stehen und bewundern mich, die große Henkelvase aus Meißner Porzellan. Der neue Gast allerdings blickt nur kurz zu mir, streicht sich hastig durch seine dichten Haare, dann über seinen kleinen Bart, der seine weichen Gesichtszüge etwas kaschiert. Er hält jetzt ungeduldig Ausschau nach der Bedienung und schlägt dann, wie mir scheint wahllos, eines seiner Bücher auf. Als ein Ober ihn schließlich nach seinen Wünschen fragt, beachtet er ihn kaum. Ich verstehe nur Wörter wie Kaffee und Cognac.

Der Raum, in dem sich der Herr und ich befinden, ist das Porzellanzimmer. Der Name weist auf die reiche Sammlung kostbarer Gegenstände aus Meißner Porzellan. Diese Manufaktur, die 1710 gegründet wurde, war die erste in Europa. Es gibt noch weitere Räume in den Kavaliersflügeln des Palais, zum Beispiel das Vogelzimmer, in dem der Gast einheimische und exotische Vögel aus Meißner Porzellan bewundern kann. Die barocke Deckenmalerei im Rosenzimmer zeigt Engel mit Rosenblüten. Und es gibt das Spiegelzimmer, das prachtvolle Illusionen schafft, welche die Besucher immer wieder in Staunen versetzen. Ich bin stolz darauf, hier aufgestellt zu sein, denn das Grand Café und Restaurant Coselpalais blickt auf eine lange Geschichte zurück.

Es wurde nicht nach der Gräfin Constantina von Cosel benannt, der Mätresse von Kurfürst August dem Starken, sondern nach deren gemeinsamem Sohn August Graf von Cosel, einem General der Infanterie. Zuerst hatte man auf diesem Platz im 17. Jahrhundert einen Pulverturm errichtet, der jedoch 1744 wieder abgerissen wurde. Nur seine Gewölbe ließ man stehen. Das Grundstück erhielt dann der Baumeister Johannes Christoph Knöffel und ließ darauf sofort 1745/46 zwei barocke Bürgerhäuser errichten. Schließlich erwarb General Friedrich August von Cosel die Gebäude, baute sie zu einem Palais und erweiterte sie. Es entstanden ein Eingangsportal mit dreieckigem Giebel und ein Innenhof. Allerdings hatte der General nie darin gewohnt.

Der blondhaarige Herr nimmt jetzt einen Schluck Cognac, stellt das Glas zufrieden zurück, schaut auf seine Uhr und liest weiter. Wen er wohl erwartet?

Dieses Palais, das zu den Hauptwerken des Barocks zählt, wurde Mitte des 19. Jahrhunderts vorübergehend als Hotel genutzt. Eine Zeit lang war es königliches Polizeihaus, dann zog das Bauamt ein. Im Zweiten Weltkrieg wurde das Palais zerstört, jedoch von 1998 bis 2000 im alten Stil wieder aufgebaut. Heute befinden sich darin mein Café, mehrere Restaurants, Bürogebäude und der Dresdner Piano-Salon, in dem häufig Konzerte stattfinden. Dieser Salon strahlt durch seine weißen Wände, der weißen Decke, den hohen Fenstern, vor denen ein schwarzer Flügel steht, Klarheit und Ruhe aus. Eng nebeneinander gestellte Stuhlreihen warten auf die Zuhörer. Er wird außerdem als Festsaal für besondere Veranstaltungen genutzt.

Eine großgewachsene, schlanke Frau im dunklen Hosenanzug geht jetzt auf den Tisch meines Gastes zu. Sie ist etwa so alt wie er. Die roten, hochhackigen Schuhe betonen ihre Größe. Über ihrer Schulter hängt eine leuchtend rote Tasche. Ohne ein Wort zu verlieren, ohne ein Lächeln, setzt sie sich neben ihn. Ihre schmalen Lippen und der kurze Haarschnitt verstärken ihre harten Gesichtszüge. Jetzt zieht sie ein dickes Heft aus ihrer Tasche. »Hier habe ich alles aufgeschrieben, was du bei unserer Trennung mitnehmen sollst.«

Flüchtig blickt er auf die Liste, schiebt sie verächtlich zur Seite. »Wie du weißt, habe ich in der Bibliothek in Stuttgart die vakante Stelle erhalten. Verschone mich mit diesem Kleinkram. Zuerst sehe ich mir dort die Wohnung an, dann entscheide ich.«

Mit sehr lauter, metallisch klingender Stimme wiederholt sie immer wieder ihre Forderungen. Dann bestellt auch sie einen Cognac. Er ist offenbar das Einzige, was sie noch miteinander verbindet.

Eine Touristengruppe schaut sich suchend im Café um, geht dann rasch wieder nach draußen und sucht wahrscheinlich Plätze auf der großen Terrasse im barocken Ehrenhof mit Blick auf die nahe Frauenkirche. Fröhlich plätschert dort das Wasser aus dem Brunnen mit den Putten. Hohe Kerzenleuchter verleihen der Terrasse eine gewisse Eleganz. Weiße Sonnenschirme spenden Schatten an heißen Sommertagen. Sicher bestellen die Gäste ein Stück der hohen Torten aus der reich gefüllten Kuchenvitrine, etwa die Mandarinen-Joghurt-Torte oder die Heidelbeer-Sahne-Torte. Später kaufen sie vielleicht im Souvenirshop die eine oder andere kulinarische Köstlichkeit oder ein kostbares Andenken aus Meißner Porzellan.

Das ungleiche Paar im Porzellanzimmer schweigt sich nun an. Szenen dieser Art habe ich selten erlebt. Die Besucher hier genießen das schöne Ambiente sowie die köstlichen Speisen und Getränke, die auf Meißner Porzellan serviert werden. Manche Besucher wissen offenbar nicht den Wert dieser Gedecke zu schätzen. Einige bemängelten sogar, dass in den anderen Räumen nicht auf diesem kostbaren Porzellan serviert wird. Dort wird jedoch ebenfalls von wertvollen Tellern gegessen, dem Versace Porzellan. Dieser Service war nur möglich, weil die Familie Versace dem Coselpalais ihre Einwilligung gab.

Die Gäste bewundern nicht nur die wiederaufgebaute Frauenkirche, sondern sprechen auch über eine Aufführung in der nahen Semperoper. Häufig kommen Theaterbesucher nach der Vorstellung ins Coselpalais zu einem Glas Wein oder Sekt, sprechen über die Inszenierung, die Sänger oder das Bühnenbild.

Erbost steht die Dame im Hosenanzug jetzt auf, greift nach Heft und Tasche und verlässt das Café mit lauten, festen Schritten. Er greift nach einem seiner Bücher, blättert gedankenverloren eine Seite nach der anderen um, erhebt sich langsam und geht auf die Kuchenvitrine zu.

Café Bazar - Salzburg

Einst liebte er Julia, jetzt ein Glas Wein

Sucht sie jemanden? Prüfend bleibt sie am Eingang stehen. Ihr Blick wandert von Tisch zu Tisch. Ob sie sich schon auf der Terrasse mit dem einzigartigen Blick auf die Altstadt von Salzburg und auf die Festung umgeschaut hat? Es ist später Nachmittag. Die Gäste hier sind beim Lesen der Zeitung oder der Speisekarte, dankbar für das helle Licht aus meiner weißen Deckenlampe. Wie immer haben sich um diese Zeit schon viele Besucher im Bazar eingefunden, Stammgäste und Touristen, die hier ihren Kaffee oder Tee trinken, hausgemachten Topfen- oder Apfelstrudel essen oder Croissants, Petits Fours oder Torten gewählt haben.

»Ist hier noch frei?«, fragt jetzt die junge Dame den älteren Herrn, der allein auf dem schwarzen Ledersofa sitzt, vor sich ein Glas Wein.

Überrascht und erfreut blickt er auf die junge Frau in dem kurzen gelben Kleid, dessen Dekolleté ein schmaler silberner Anhänger schmückt. »Aber sehr gerne«, antwortet er und deutet auf den Sessel mit der roten Sitzfläche und der geflochtenen Lehne.

Sie bedankt sich mit einem liebenswürdigen Lächeln, streicht ihre langen dunklen Haare etwas zurück, überprüft kurz den Sitz eines herabhängenden Ohrrings. »Einen Fiaker, bitte«, sagt sie so sicher zu dem Ober, als hätte sie sich für dieses Getränk schon auf dem Weg hierher entschieden. »Nein danke, kein Gebäck.«

Ihr Tischnachbar schmunzelt. Betrachtet ihre schlanke Figur, die schmalen bunten Armreife auf ihrer sonnengebräunten Haut. »Sind Sie das erste Mal hier? Ich habe Sie noch nie in diesem Café gesehen, und ich trinke hier fast jeden Tag meinen Wein.«

»Ich bin zu Besuch bei einer Freundin in Salzburg, nicht das erste Mal. Ein Kaffee im Bazar ist Tradition.«

»Und das Bazar ist ja ein Traditionscafé. Dann wissen Sie auch, dass sich in diesem großen, prächtigen Gebäude an der Salzach Ende des 19. Jahrhunderts viele verschiedene Geschäfte befanden und nur in einem Teil davon gab es ein Café. Die Besitzer wechselten häufig. Seit 2003 gehört es nun der Familie Brandstätter.«

Ich kenne die Geschichte dieses Cafés und bin schon ein bisschen stolz, zumindest Teil der Einrichtung zu sein. Von hier oben kann ich immer wieder berühmte Gäste erkennen. Was für viele Kaffeehäuser zutrifft, so wurde und wird auch das Bazar von Künstlern besucht, vor allem von Schauspielern. Früher waren da zum Beispiel Marlene Dietrich oder Paula Wessely. Heute sind es Klaus Maria Brandauer oder Tobias Moretti.

»Darf ich Sie zu einem Glas Wein einladen?«, fragt der Herr seine Tischnachbarin.

Sie lacht. »Aber nur ein kleines!«

»Wissen Sie, ich war Schauspieler. Junger Held und Liebhaber, das war mein Fach. Romeo, Hamlet, der Prinz von Homburg.«

Die junge Dame blickt ihn erstaunt und bewundernd an. Ein Lächeln huscht über sein Gesicht. Es ist ein trauriges Lächeln.

»Im Grunde war ich wohl nur ein mittelmäßiger Schauspieler. Träumte immer vom Ruhm. Auf der Bühne zu stehen, zu spüren, wie das Publikum mitfühlte, das war Leben. Vor jeder Aufführung hatte ich Lampenfieber, wie die meisten meiner Kollegen, das gehört einfach dazu. Doch sobald ich die Bühne betrat, war ich sicher, war der Romeo, der Prinz. Und dann der Beifall. Wie eine Droge ist das. Das genießt du.«

Die junge Dame betrachtet ihn aufmerksam und nachdenklich. Sein volles weißes Haar, die breite Stirn, die tief eingegrabenen Falten von der markanten Nase zum Mund, das elegante grüne Samtjackett.

»Nein, ich glaube nicht, dass Sie mich kennen«, sagt er mit einem nachsichtigen Lächeln. »Trotzdem freue ich mich, dass Sie mir Gesellschaft leisten. Ich könnte jetzt nicht mehr auf der Bühne herumspringen oder meine Fechtkünste zeigen. Das ist vorbei. Verehrerinnen? Vergangenheit. Ich kann Ihnen eine kleine Geschichte erzählen, die sich hier zugetragen haben soll. Auf seiner Route durch das Salzkammergut kehrte in dieses Café ein Radler ein und wollte ein erfrischendes Getränk bestellen. Doch er wurde nicht bedient mit der Begründung, dass das Bazar kein Sportlerlokal sei und die Gäste an dem Radlerdress Anstoß nehmen würden.«

Die junge Dame blickt sofort auf ihre Turnschuhe. »Da habe ich ja noch einmal Glück gehabt, dass ich meinen Kaffee bekam.«

»Der Radler erwiderte, dass er im Sacher in Wien und im Gerbeaud in Budapest ohne Probleme sehr freundlich bedient wurde – trotz seiner Sportkleidung. Dennoch half ihm das nicht, er erhielt kein Getränk.«

Jetzt kommt ein junger Mann zu den beiden an den Tisch. Nickt der charmanten Dame freundlich und leicht erstaunt zu und beugt sich dann etwas hinab zu dem älteren Herrn. »Du hattest Gesellschaft?«

»Ja, eine überaus angenehme«, erwidert der Schauspieler gut gelaunt. »Das ist ein entfernter Verwandter«, erklärt er seinem Gegenüber. »Auch ein Theatermensch, ein Bühnenbildner, der alles Geschäftliche für mich erledigt, Besorgungen übernimmt. Ich vergesse viel. Nicht nur das Fechten geht nicht mehr. Auch das Laufen fällt schwer.«

Der junge Mann hilft ihm beim Aufstehen. Nach kurzem Zögern fragt er die Tischnachbarin, ob sie öfter ins Bazar käme und gibt ihr seine Visitenkarte. Dann ruft er den Ober und verlangt die Rechnung. Der ältere Herr bedankt sich bei der jungen Dame für das Gespräch, wie auch der höfliche Bühnenbildner.

Sie blickt den beiden nach, wie sie das Café verlassen und greift nach der Karte.

Confeitaria Colombo - Rio de Janeiro

Jugendstil am Zuckerhut

Mein Café ist das älteste und schönste von Rio. Vorbild für diese Confeitaria war die berühmte Pastelería Ferrari in Lissabon, die abgebrannt ist. Mein Café gibt es immer noch, und das seit 1894, als es die portugiesischen Einwanderer Manuel José Lebrao und Joaquim Borges de Meireles eröffnet hatten. Ganz im Jugendstil erbaut, versetzt es die Besucher immer wieder in Erstaunen. Mit seinen portugiesischen Bodenfliesen, den weißen Marmortischen aus Italien und dem Porzellan aus Frankreich in der Bar Jardim gehört es zu den Sehenswürdigkeiten Rios und ist Teil des kulturellen Erbes der Stadt. Die prächtigen großen Spiegel aus Belgien verdecken die hohen Wände dieses Saales, der Platz für 150 Personen bietet, fast vollständig. Nur schmale Streifen sind für die Wandleuchten frei gelassen, von denen ich eine bin, nahe der großen Tür. Viele der eleganten Damen und Herren, welche regelmäßig die Confeitería besuchen, und offenbar der Belle Époque nachtrauern, kenne ich gut. Nur wenige Touristen finden hierher, denn mein Café liegt mitten in der Altstadt in der kleinen Rua Goncalves Dias, nahe der Avenida Branco.

Heute beobachte ich hier Seltsames. Vor Kurzem hat eine junge, elegant gekleidete Dame in engem schwarzem Rock und zart gemusterter Bluse nach längerem Suchen und Zögern in der Bar Jardim, ziemlich nahe dem Eingang, Platz genommen. Das Besondere in diesem Raum ist die Öffnung der Decke, die einen Blick auf die Deckenkuppel aus bemaltem Glas erlaubt. Mit einem gewinnenden Lächeln bestellt sie in gebrochenem Portugiesisch eine Tasse Milchkaffee. Immer wieder blickt sie auf ihr Handy, dann auf die Eingangstür. Jetzt schaut sie auf ihre Uhr, holt dann einen Reiseführer aus einer großen schwarzen Tasche heraus. Vielleicht liest sie gerade etwas über mein Café. Hier gibt es noch weitere Räume, wie das Restaurant Cabral oder das Restaurant Cristévéo, das für seine portugiesische und spanische Küche berühmt ist. Das Gericht »Romeo e Giulietta« zum Beispiel besteht aus weißem Weichkäse mit Gelee aus Guavenbirne; die »Feijoada«, das Nationalgericht Brasiliens, ist ein Schweinefleischeintopf mit schwarzen Bohnen. Für private Veranstaltungen kann man sich das Restaurant Memory Space reservieren lassen. In diesem Raum werden in einer Vitrine Porzellan, Kristallgläser und alte Schriften aufbewahrt – alles Gegenstände, die von der über hundert Jahre alten Geschichte des Colombo erzählen.

Jetzt fragt sie der Ober, ob sie jemanden erwarte, ob er ihr helfen könne.

»Ja, ich erwarte eine junge Frau mit einem kleinen Kind.«

Als eine Mutter ihren Kinderwagen durch die weit geöffnete Tür schiebt, springt die junge Dame auf, geht auf sie zu und spricht sie an. Diese lacht, schüttelt den Kopf und geht weiter nach hinten, wo sie schon von mehreren jungen Leuten erwartet wird.

Ich habe nur den Namen »Elena« verstanden.

Die junge Dame nimmt wieder ihren Platz ein, legt ungeduldig ihre Lektüre auf den Tisch und bestellt noch einen Kaffee.

Nun betreten zwei einfach gekleidete Frauen mit einem Kinderwagen das Café. Sie sind ungeschminkt, tragen ihre langen, glanzlosen Haare offen. Erneut steht die junge Dame auf, fragt wieder etwas mit einem entschuldigenden, aber hoffnungsvollen Lächeln. Da nickt die eine der beiden, deutet auf das kleine Kind im Wagen, dann auf ihre Begleiterin. Ich höre, wie sie sagt: »Das ist meine Schwester, ich bin Elena.«

Nun blicken sie suchend nach einem größeren Tisch, doch der Ober hat bereits einige Tassen und Teller entfernt und begleitet sie mit einer leichten Verbeugung. Jetzt sitzen sie direkt unter mir. Der Ober fragt, was er ihnen bringen darf, zählt einige seiner köstlichen Torten und Kuchen auf sowie die verschiedenen Kaffees. Nach einem etwas betretenen Schweigen hebt die junge Mutter liebevoll und vorsichtig ihr Kind aus dem Wagen. »Das ist unser Sohn Luis.«

Die junge Dame betrachtet ihn nachdenklich, bewundert dann seine großen blauen Augen, die schwarzen Haare und macht ein Foto nach dem anderen. Von Luis, seiner Mutter, von deren Schwester.

»Und du bist Laura?«, fragt jetzt Elena etwas verlegen.

Laura nickt, legt den Fotoapparat wieder zurück in die große Tasche.

»Ja, ich hatte deinen Freund Rafael gebeten, dieses

Treffen zu arrangieren. Und ich bin froh, dass ich euch kennengelernt habe.«

»Elena hat mich gebeten mitzukommen«, erklärt ihre Schwester, »sie war sehr aufgeregt, fragte sich immer wieder, wie du reagieren würdest.«

Offenbar erfahre ich hier eine sehr komplizierte Familiengeschichte.

»Ich bedaure jetzt meine Tante«, bemerkt Laura nachdenklich. »Da hat ihr Sohn Rafael ein so reizendes Kind, und sie hatte sich immer ein Enkelkind gewünscht. Und nun weigert sie sich, Luis zu sehen, nur weil sie der Ansicht ist, dass ihr Sohn eine nicht standesgemäße Verbindung eingegangen ist.«

»Ich weiß das alles. Meine Eltern, meine Geschwister – wir leben in einfachen Verhältnissen. Rafael ist in einer anderen Welt aufgewachsen. In Brasilien sind die Klassenunterschiede noch sehr ausgeprägt vorhanden.«

»Wenn meine Tante diese Fotos sieht, dann wird Luis sie sicher zum Nachdenken bringen. Vielleicht könnte sie sich sogar vorstellen, dass ihr heiratet, du und Rafael.«

Jetzt lachen die drei. Wäre das wirklich so abwegig, frage ich mich. Immer mehr Gäste betreten mein Café. Laute Stimmen, Gelächter, Rufe schwirren durch den großen, langgestreckten Raum. Sie bestellen am frühen Abend lieber Snacks oder Salate statt Kuchen und Torten. Wie immer um diese Zeit unterhält Wiener Walzermusik die Besucher.

»Wie lange bleibst du in Rio?«

»Ein paar Wochen. Ich habe Semesterferien und

hatte mir vorgenommen, meine südamerikanische Verwandtschaft zu besuchen. Ich hoffe wirklich, dass meine Tante ihre Einstellung ändert.«

Die jungen Frauen haben sich offensichtlich viel zu erzählen. Sie lachen viel, freuen sich wohl, dass sie sich kennengelernt haben. Und jetzt bestellen sie drei Caipirinhas.

Café Gerbeaud - Budapest

Von Fürsten und Gänsefußtorten

Einige Besucher des Cafés blicken verstohlen zu ihr hinüber. Es sind neugierige, unsichere, bewundernde Blicke. Ist sie es?

Sie kommt selten in mein Café in dem hohen weißen Palast am Vörösmarty Platz in Budapest. Das Gerbeaud, in dem ich einer der prächtigen Kronleuchter bin, gibt es seit 1858. Gegründet hat es Henrik Kugler, der einer Konditorfamilie entstammte. Auf einer Reise nach Paris lernte er Emile Gerbeaud kennen, ebenfalls Konditor, der sein Partner wurde und, nachdem sich Kugler in den Ruhestand begeben hatte, das Café übernahm.

Heute hat sie nahe der Theke auf einem der Stühle, auf deren Lehne man den Namen Gerbeaud, die Jahreszahl 1858 und Budapest lesen kann, Platz genommen. Es sind hohe, offenbar sehr bequeme Lehnen, denn die Gäste bleiben hier lange bei ihrem Kaffee sitzen und lesen in Zeitungen. Auch sie greift jetzt nach einem Journal, legt es jedoch wieder zurück und wählt eine Illustrierte. Blättert achtlos darin, bis ihre schmalen Hände auf einer Seite ruhen bleiben.

Nun liest sie sehr aufmerksam. Ich kann die große Überschrift deutlich erkennen: Ein Bericht über die Fürsten Esterházy. Der Ober serviert ihr eine Tasse Kaffee. Stellt mit eleganter Verbeugung einen kleinen

Teller mit buntem Gebäck dazu. Sie beugt sich etwas vor, überlegt vielleicht, welches der Törtchen sie nehmen soll. Ich bewundere ihre kunstvolle Frisur, diesen breiten weißen Haarkranz, der sich um ihren Kopf legt. Auch heute trägt sie wieder ein dunkles Kostüm, dem ein schmales Goldcollier matten Glanz verleiht. Heller Teint lässt ihr Gesicht fast durchsichtig erscheinen. Über ihren dunklen Augen wölben sich feine Brauen. Ihre Lippen werden durch zartes Rosa betont.

Sie liest sehr aufmerksam. Strahlt Würde und Anmut aus. Vielleicht entdeckt sie etwas über ihre Vorfahren, etwa über Fürst Nikolaus, der »Il Magnifico« genannt wurde, weil er prächtige Bauten und Gärten errichten ließ und eine wertvolle Kunstsammlung besaß. Oder über Franz Esterházy, der für die Reformation eintrat und verfolgten Protestanten half. Sicher wird in diesem Artikel der Schriftsteller Peter Esterházy erwähnt, Verfasser zahlreicher Erzählungen und Romane.

Wenn Touristen ins Gerbeaud kommen und der Reiseleiter seiner Gruppe Anekdoten über die Familie Esterházy erzählt, höre ich stets aufmerksam zu. Vor allem möchten die Gäste etwas über die Esterházy-Torte wissen, die Paul III. Anton Esterházy de Galantha, einst ungarischer Minister, erfand. Immer wieder betrachten sie während der Erklärungen staunend die Einrichtung des Cafés, die ganz im Stil der Gründerzeit gehalten ist: Marmor und edle Hölzer, Stuck an der Decke, prunkvolle Kronleuchter – von denen ich ja einer bin – verleihen Eleganz und Festlichkeit.

Die gerafften langen Vorhänge an den Fenstern erinnern an Theatervorhänge. Spiegel und Kerzenleuchter schmücken die Wände.

Jetzt lächelt sie und lehnt sich zurück. Betrachtet lange und kritisch ein Foto auf einer der Seiten. Vielleicht zeigt es ihren Sohn. Der Ober tritt erneut an ihren Tisch. Nein, sie bestellt keinen weiteren Kaffee, möchte aber gerne die Gänsefuß-Torte mitnehmen, die seit dem 160. Geburtstag dieses Cafés wieder gebacken wird. Papierschachteln für Torten zum Mitnehmen oder Liefern hatte schon Henrik Kugler eingeführt. Heute sind sie Tradition dieses Cafés, das als eines der berühmtesten nicht nur in Ungarn, sondern in ganz Europa gilt.

Café Tortoni - Buenos Aires

Liebeserklärung bei duftendem Kaffee

Ich bin ein kleiner, dunkler Sessel im Café Tortoni in Buenos Aires, das es seit 1858 gibt. Im Stil der Belle Époque erbaut, sieht der Besucher an den holzgetäfelten Wänden viele Landschafts- und Blumenbilder, Fotografien und zahlreiche Lampen, die ein mildes Licht verbreiten. Die weißen Marmortische und dunkelbraunen Stühle sind hier sehr eng gestellt. Besonders stolz bin ich auf meinen Platz unter der bunten Glasdecke. Ich sah viele Berühmtheiten, die hier ihren duftenden Kaffee tranken, wie den Tangosänger Carlos Gardel oder den Schriftsteller Jorge Luis Borges.

Wie meist am späten Nachmittag schreiten elegant gekleidete Damen durch die mit Blumen und Girlanden bemalte Jugendstiltür, bleiben dann meist kurz stehen und blicken sich um, nicht, weil sie Freunde oder Bekannten suchen, sondern weil sie bewundernde, staunende, applaudierende Blicke der anderen Gäste erwarten und genießen möchten. Ihnen folgen Herren in dunklen Anzügen. Sorgfältig und ein paar Sekunden zu lange halten sie die Tür auf, als ob sie einen Vorhang hochgehoben hätten für ihre Begleiterinnen: Seht, da kommt sie, meine schöne Dame.

Seit Jahren strömen auch die Touristen in mein Café, und mit ihnen ausgewaschene, durchlöcherte Jeans, laut beschriftete T-Shirts oder überlange, ausgeweitete Pullover, nackte Füße in Flip-Flops oder Turnschuhen.

Auch Jana ist heute wieder gekommen. Sie trägt gern kleine, hautenge Oberteile, die ihren vollen Busen fest umspannen. Sie setzt sich neben mich, bestellt einen Kaffee und blickt sich um. Jana sucht einen Mann. Sie ist eine fröhliche, liebeslustige junge Frau. Auch wenn die Ehe ihrer Eltern in die Brüche ging, möchte sie unbedingt heiraten. Bisherige Beziehungen waren von kurzer Dauer, endeten bald in Langeweile. Immer wieder besprach sie das mit ihrer Freundin, einer geduldigen Zuhörerin ihrer Ausführungen. Janas Körpergröße schränkt sie in der Wahl eines Ehemannes etwas ein. Ihr heller Teint und ihre hellbraunen Haare erinnern an deutsche Vorfahren. Sie isst gerne und trinkt gerne Rotwein und nimmt sich immer wieder vor, endlich abzunehmen. Das ist das andere Thema, das sie mit ihrer Freundin bespricht.

Er ist an ihr vorbeigegangen. Ohne sie zu bemerken. Gerade als der Ober ihr den Kaffee bringt, klingelt ihr Handy. Aus den Antworten schließe ich, dass die Freundin heute nicht kommen wird. Jetzt erst dreht sich Jana um und blickt nach hinten, zu den Tischen an der Wand. Sie hat ihn sofort entdeckt. Sieht, wie er sich angeregt mit einem älteren Herrn unterhält. Nur diesen scheint er wahrzunehmen. Rasch zieht Jana einen Zettel und einen Kugelschreiber aus ihrer Tasche. Sie überlegt. Blickt noch einmal kurz nach hinten.

Wie kann ich, der Sessel, ihr helfen? Auch ich habe diesen Señor im dunklen Anzug entdeckt. Die hohe Stirn, die gerade Nase, das leicht vorstehende Kinn bilden eine harmonische Linie. Seine dunklen Haare zeigen erste graue Strähnen. Er gestikuliert viel, lacht manchmal. Es ist ein überraschend fröhliches Lachen.

Jana schreibt jetzt etwas auf den Zettel, gibt ihn mit einer kurzen Erklärung dem Ober. Er nickt, behält seinen emotionslosen Gesichtsausdruck, geht nach hinten.

Sicher bedauert sie inzwischen, dass ihre Freundin nicht kommen konnte. Vielleicht hätte sie eine bessere Idee gehabt, um diesen gutaussehenden Mann für Jana zu interessieren.

Sie trinkt rasch einen Schluck. Streicht nervös ihre Haare zurück. Wartet. Rückt mich etwas zur Seite, damit sie, diskret natürlich, sehen kann, wie jener reagiert, wenn er ihre Nachricht erhält. Der Ober überreicht ihm, ohne eine Miene zu verziehen, den Zettel. Offenbar etwas verärgert unterbricht der Mann die Unterhaltung mit seinem Gegenüber, wirft einen kurzen Blick auf das Papier, zerknüllt es, wirft es achtlos in den leeren Aschenbecher. Sein Gesprächspartner scheint ihn etwas zu fragen, doch er schüttelt nur ungeduldig den Kopf. Die beiden setzen ihre Unterhaltung fort.

Ich schaue Jana an. Diese Szene ist ihr nicht entgangen. Im Spiegel gegenüber hat sie alles gesehen. Sie stützt ihren Kopf in die Hände. Es sind zarte Hände, mit feinen Fingern. Jetzt blickt sie auf die Straße.

Blickt dann dem gutaussehenden Mann nach, der erneut achtlos an ihr vorübergeht und das Café verlässt. Sie holt einen kleinen Spiegel und einen Lippenstift aus ihrer Tasche. Zieht ihre vollen Lippen nach. Eine Nuance zu rot. Verlangt die Rechnung. Auch sie verlässt jetzt das Tortoni.

Vielleicht sollte sie bei ihrem nächsten Besuch einmal kurz in das Billardzimmer schauen oder die enge Treppe in die Bodega hinuntersteigen, in der Tangoaufführungen stattfinden – vielleicht trifft sie dort auf einen an ihr interessierten Mann.

Caffè Dante - Verona

Zum Geburtstag eine Statue

Fast jeden Morgen kommt ein gut gekleideter Herr in mein Caffè. Stets trägt er ein weißes Hemd, dunkles Jackett und helle Jeans. Wie immer bestellt er einen Espresso und eine Brioche. Auch heute hält er verschiedene Zeitungen in seiner Hand, wählt einen Tisch mit Blick auf die Eingangstür und beginnt zu lesen. Ab und zu legt er die Zeitung auf den Stuhl neben sich und betrachtet die Passanten, die auf der Piazza dei Signori flanieren.

Manchmal steht er auf und wirft einen Blick auf mich, die kleine Vitrine, die an der Wand angebracht ist. Betrachtet aufmerksam die verschiedenen Flaschen und Gläser, die ich aufbewahre, wirft dann einen kurzen Blick auf das Büffet mit den zahlreichen eng aneinander gereihten Weinflaschen, ehe er wieder zu seinem Platz zurückkehrt und nach einer Zeitung greift. Jetzt unterbricht er jedoch die Lektüre.

Eine zierliche junge Dame, die ich kenne, betritt das Caffè. Heute trägt sie ein langes weißes Kleid, dazu braune Sandalen. Sie kommt seit einigen Tagen hierher, immer mit einer umfangreichen Fotoausrüstung. Jedes Mal frage ich mich, ob sie nicht zu schwer für sie sei. Sie blickt kurz zu dem zeitungslesenden Gast, legt dann ihre große Tasche auf den Stuhl, holt ihre Kamera heraus und beginnt zu fotografieren. Prüfend betrachtet sie die weiß und gelb gestrichenen Wände mit all den Bildern in verschiedenen Größen, die Wandleuchten, die Spiegel. Nun sucht sie den geeigneten Blickwinkel für ein Foto der Inneneinrichtung: die kleinen eckigen Tische mit tief herabhängenden weißen Tischdecken, die dunklen Stühle, mit den roten Sitzkissen, die Kommoden und Büffets. Als sie die roten, bodenlangen Vorhänge sieht, an den Seiten zusammengebunden, lächelt sie. Denkt sie an Theatervorhänge? Schließlich nimmt sie wieder Platz, holt einen Schreibblock aus ihrer Tasche und macht sich Notizen. Ganz in Gedanken greift sie nach dem Cappuccino, den ihr der Ober soeben gebracht hat. Jetzt hebt sie etwas den Kopf und streicht ihre langen, blonden Haare zurück, hält dann plötzlich inne, als sie den Herrn bemerkt, der vor ihr steht.

»Darf ich mich zu Ihnen setzen?«, fragt der Zeitungsleser höflich und charmant lächelnd. Es ist ein sehr gewinnendes Lächeln. Da wird sie nicht nein sagen, denke ich, und beobachte die beiden mit großer Neugier. Jetzt mustert sie seine elegante Kleidung, seine dichten schwarzen Haare, sein leicht sonnengebräuntes, schmales Gesicht. Nun lächelt auch sie. Nickt einladend und deutet auf den freien Stuhl.

Wie viele dieser Szenen habe ich schon gesehen! Liegt es an der besonderen Atmosphäre meines Caffès, das sich in einem Renaissancepalast aus dem 16. Jahrhundert befindet und das älteste Caffè in Verona ist? Im Jugendstildekor eingerichtet, versetzt es den Gast in eine längst vergangene Epoche. Hier trafen sich, wie in vielen historischen Caffès in Italien, Intellektuelle,

Musiker und Dichter. Manche nannten das Caffè Dante »Parlamentino« wegen der oft hitzigen Debatten der Politiker, die ebenfalls regelmäßig hierher kamen.

»Ich heiße Matteo«, sagt er ungezwungen und fügt hinzu: »Ich bin Stadtführer.«

Sie stellt sich ebenfalls vor und fragt sogleich, ob er ihr etwas über das Dante erzählen könne. »Ich bin nämlich ganz verliebt in dieses Caffè, in diese Piazza, die auf mich wie ein großer Saal wirkt, umschlossen von herrlichen Palästen. Dieser Platz strahlt große Ruhe aus, zumindest am Vormittag«, ergänzt sie und lächelt fast entschuldigend. »Ganz im Gegensatz zur Piazza delle Erbe mit all den Bars und Cafés und den vielen Touristen.«

Matteo pflichtet ihr bei und erzählt ihr, dass es dieses Caffè seit 1837 gibt und damals nach seinem Besitzer »Caffè Squarzino« genannt wurde.

»Dann hieß es »Capobianco« nach dem Namen des neuen Besitzers Luigi Capobianco. 1865 wurde auf der Piazza dei Signori vor dem Caffè die Dantestatue aufgestellt. Anlass für die Errichtung dieses Denkmals war der sechshundertste Geburtstag des weltberühmten Dichters Dante Alighieri. Man hatte als Standort bewusst diesen Platz ausgewählt, weil sich hier auch der Palazzo dei Scaligeri befindet, in dem Dante eine Zeit lang nach seiner Flucht aus Florenz lebte. Aus seiner Verehrung für Dante nannte Capobianco sein Caffè nun Caffè Dante.«

»Meist sitzt ja eine Taube auf Dantes Kopf«, bemerkt lachend die Fotografin und erwähnt die vielen

Aufnahmen, die sie von dieser Statue schon gemacht habe. Sie erklärt ihrem neuen Bekannten, dass sie für eine Zeitschrift eine Fotoserie von der Stadt Verona mache und nicht nur die üblichen Sehenswürdigkeiten bringen wolle. Bei dieser Bemerkung blickt sie ihn fragend an. Matteo versteht ihren Wunsch und erkundigt sich sogleich, ob sie die Biblioteca Capitolare kenne, die Synagoge oder das Museum im Castelvecchio.

»Wenn Sie mir das alles zeigen«, erwidert die junge Dame, »dann lerne ich ein ganz neues Verona kennen.«

Matteo deutet auf seinem Stadtplan auf diese Sehenswürdigkeiten und ich höre, wie sich die beiden für den nächsten Tag verabreden. Dabei erwähnt er noch die Aufführung der *Carmen* in der Arena, die sie unbedingt ansehen müsse. Ich bin mir sicher, dass die junge Dame die Arena nicht allein besuchen wird. Vor der Aufführung werden sie bestimmt gemeinsam in mein Caffè kommen, das jetzt Caffè Dante Bistrot heißt. Dann werden sie auf der Terrasse unter den großen weißen Sonnenschirmen Platz nehmen, aufmerksam die Karte studieren und überlegen, welcher Wein zu ihrer Speise passt.

Café Slavia - Prag

Die Großeltern tranken keinen Absinth

Ein Paar betritt das Café. Zögernd bleiben die beiden an der Eingangstür stehen, blicken auf die hellen Tische und braunen Stühle mit ihren gebogenen Lehnen. Ich bin einer davon, und mein Platz ist noch frei.

»Ob sie oft hier waren?«, fragt die junge Frau ihren Freund.

Sie wählen einen Tisch am Fenster, ganz in meiner Nähe, blicken auf die heute sanft dahinfließende Moldau, auf den Hradschin. Der Ober fragt sehr höflich nach ihren Wünschen.

»Vielleicht tranken deine Großeltern nach einem Theaterbesuch hier ein Glas Wein?« Während er das fragt, nimmt der junge Mann die Sonnenbrille ab, steckt sie in die Tasche seiner Wildlederjacke, streicht über sein dichtes, leicht gewelltes Haar.

»Seit wann gibt es das Nationaltheater?«, fragt sie.

»Es wurde etwa um 1870 erbaut«, erklärt der Ober mit gewissem Stolz, als er zwei Kaffee und Palatschinken mit frischen Erdbeeren und Sahne bringt.

»Jeder Besucher des Theaters kam damals nach der Aufführung ins Slavia«, sagt der Ober. »In den Pausen haben manche Gäste sogar rasch einen Kaffee oder ein Glas Wein getrunken.«

Die junge Dame greift nachdenklich nach der Kaffeetasse, trinkt einen Schluck. Ihre hellbraunen, langen Haare trägt sie offen. In ihrem schmalen Gesicht fallen vor allem die kräftigen Augenbrauen auf.

»Vielleicht gehörten sie auch zu den Besuchern, die im Nationaltheater eine Oper von Smetana angesehen haben, dann hier einen Kaffee zu sich nahmen. Meine Großmutter trank ihn immer mit etwas Milch und sehr viel Zucker. Doch im Grunde weiß ich wenig über meine Großeltern. Meinen Großvater habe ich nie kennengelernt.«

Nach längerem Nachdenken erzählt die junge Frau ihrem Freund, dass ihre Großmutter in einem Dorf bei Karlsbad aufgewachsen war, in dem es damals etwa dreißig Häuser gab und eine Schule. Jetzt lacht sie. »Meine Oma konnte die Namen aller sechzehn Kinder der Kaiserin Maria Theresia aufzählen. Das war wohl ein wichtiger Lernstoff!«

»Und was weißt du über deinen Großvater?«

»Ich kenne ihn nur von einem Foto. Es wurde aufgenommen, bevor er 1914 in den Krieg musste. Er blickt sehr ernst, schaut direkt in die Kamera. Das Foto zeigt ein schmales Gesicht, eine schmale gerade Nase, über seinen Lippen ein Bärtchen. Die dichten Haare trägt er gescheitelt, aus der Stirn zurückgekämmt.«

»Und was weißt du über sein Leben?«

»Nicht viel. Mit vierzehn hatte er sein Elternhaus in Prag verlassen und eine Schneiderlehre in Wien begonnen. Eigentlich hätte er Priester werden sollen! Stell dir das vor!« Sie schüttelt den Kopf. Greift nach ihrer Kaffeetasse. »Er besuchte jedoch regelmäßig seine Eltern in Prag, bis er dann eine Anstellung in Meran bekam. Aber offenbar fuhr er wiederholt nach Karlsbad.«

Ganz lebhaft erzählt sie jetzt, dass sie noch den bemalten Trinkbecher ihres Großvaters besitze, aus dem er offenbar das böhmische Heilwasser getrunken habe. Die Vorderseite zeige eine Ansicht von Prag, und zwar die Burg, die Karlsbrücke und die Moldau. Dieser Becher sei viel schöner als die weißen, die man jetzt überall kaufen könne. Jetzt lächelt sie, freut sich offenbar über dieses Andenken.

»Inzwischen hatte meine Großmutter auch eine Schneiderlehre begonnen, ausgerechnet in Meran. Die beiden verliebten sich ineinander und heirateten nach kurzer Zeit. Meine Oma war erst einundzwanzig, der Opa schon dreißig. Nach ihrer Heirat lebten sie eine Zeit lang in Prag. Träumten von einem Modeatelier für Damen und Herren, in dem nicht nur elegante Kostüme und Kleider angefertigt werden sollten, sondern auch Anzüge.«

Nun schweigt sie. Blickt sie in eine Vergangenheit, die sie nie erlebt hat? »Auf seinen Geschäftsreisen kam Opa einmal nach Nürnberg. Die Stadt hat ihn an Prag erinnert. Vielleicht wegen der Burg. Und er beschloss nach Nürnberg zu ziehen. In dieser Stadt verwirklichten meine Großeltern ihren Traum vom eigenen Modesalon.«

Der Ober bringt nochmals zwei Tassen Kaffee. Wieder betrachtet die junge Frau die Einrichtung. Ihr Blick ruht eine Weile auf mir. Schließlich erinnere ich an einen Thonet-Stuhl. Nun schaut sie wieder auf die Moldau, nachdenklich und traurig.

»Mein Großvater musste dann in den Krieg. Zuerst Albanien, anschließend Montenegro. Er schickte meiner Oma viele Feldpostkarten, ganz eng beschrieben, meist mit Bleistift. Ich habe sie alle noch. In Cetinje erkrankte er an Malaria. Als er wieder nach Hause kam, lebte er nur noch wenige Jahre. Meine Großmutter jedoch wurde 90. Ich erinnere mich, wie sie immer über die Politiker und die Steuern schimpfte, wenn sie Zeitung las und ihren Kaffee trank.«

Ich kenne solche Gespräche. Schließlich bin ich bereits mehrere Jahre im Slavia. Diese Themen wiederholen sich immer wieder.

Jetzt betrachten die beiden das berühmte Bild *Der Absinthtrinker* von Viktor Oliva. Mir, dem Stuhl, haben sie wenig Aufmerksamkeit geschenkt.

»Der Absinthtrinker dürfte schon einige Gläser geleert haben«, bemerkt der junge Mann. »So deprimiert wie er schaut, seinen Kopf in beide Hände gestützt. Dabei müsste er doch glücklich sein! Auf wessen Tisch setzt sich eine so schöne Frauengestalt, ganz in Grün, wie aus einer Traumwelt aufgetaucht, und wendet sich ihm liebevoll zu?«

»Nur in Träumen! Trinkt man heute eigentlich noch Absinth?«

»Berühmte Künstler wie Oscar Wilde oder Picasso sollen Absinth getrunken haben, auch van Gogh. Lange Zeit war er verboten. Jetzt gib es ihn wieder.«

Nun betrachten sie die vielen schwarz-weiß Fotos an den Wänden. Ob sie die Personen erkennen? Vaclav Havel sicher. Der war oft hier.

Da bemerkt die junge Frau, dass Rilke bestimmt auch Gast hier war und erwähnt zwei Erzählungen, den *König Bohusch* und *Die Geschwister,* in denen mein Café ›National-Café‹ heißt, nicht Slavia.

»Rilke beschreibt darin einen Stammtisch, an dem sich regelmäßig ein Maler, ein Novellist, ein Kritiker, ein Schauspieler und ein Student treffen. Es sind traurige Erzählungen, finde ich. Ota Filip dagegen hat seinen Roman *Café Slavia* genannt und lässt den Kellner erklären, dass es kein ›Café der Schwätzer‹[4] sei, dass hier geschwiegen werde.«

An dem schwarzen Flügel vorbei gehen die beiden nun zum Ausgang, schauen sich vielleicht noch die anderen Räume an und würden sicher gerne wissen, ob die Großeltern hier tatsächlich einmal Kaffee getrunken haben.

Quellenangaben

1 E.T.A. Hoffmann, *Prinzessin Brambilla,* 3. Kapitel; Insel Verlag, Frankfurt am Main 1967

2 + 3 Goethe, Johann Wolfgang, *Italienische Reise,* Verlag C. H. Beck, München 1981, S. 634 und S. 484

4 Filip, Ota, *Café Slavia,* Fischer Taschenbuchverlag, Frankfurt am Main, 1988

Von Ulrike Rauh
ebenfalls in unserem Verlag erschienen:

Impressum

edition ♦ karo
Literaturverlag Josefine Rosalski, Berlin
www.edition-karo.de
13467 Berlin

2. Auflage 2022, © edition ♦ karo

1. Auflage 2021, © edition ♦ karo

Frontispiz Aquarell: ›Der Pazifik in Las Cruces, Chile‹
Acryl, 45 x 35 cm, © Ulrike Rauh
Porträtfoto Autorin: © Bischof & Broel, Nürnberg
Foto Umschlag: ›Venedig, Biblioteca Nazionale Marciana‹, © ArTo, AdobeStock.com
Foto Umschlagklappe vorne: © Marcel Wanders, AdobeStock.com

Gesetzt im Verlag aus der Bembo
Druck und Verarbeitung: SDL Buchdruck, Berlin
Hergestellt in Deutschland
ISBN 978-3-945961-22-3

Die Deutsche Nationalbibliothek verzeichnet diese Publikation in der Deutschen Nationalbibliografie; detaillierte bibliografische Daten sind im Internet über www.dnb.de abrufbar.